"Si j'étais un homme," siffla Jessie

"Je t'enverrais mon poing dans la figure." acheva-t-elle en colère.

"Ton fiancé ne semble guère de ton avis. Mais sans doute est-ce très révélateur…" répliqua Gabe.

"Trevor est un véritable gentleman. Il ne s'abaisse pas à se battre pour une malheureuse insulte."

"Il est tellement au-dessus de ça, n'est-ce pas?"

"Va au diable!" cria-t-elle. Je regrette presque d'être revenue."

"Tout à fait d'accord." lança-t-il. "Je commence à regretter la même chose." Et il sortit en claquant la porte.

Exaspérée, Jessie serra les poings à s'en faire mal…

DANS HARLEQUIN ROMANTIQUE

Janet Dailey

est l'auteur de

DANS COLLECTION HARLEQUIN

Janet Dailey

est l'auteur de

L'épouse de juin

Janet Dailey

Harlequin Romantique

PARIS • MONTREAL • NEW YORK • TORONTO

Publié en juin 1983

ISBN 0-373-41194-4

Dépôt légal 2ᵉ trimestre 1983
Bibliothèque nationale du Québec et Bibliothèque nationale
du Canada.

Imprimé au Québec, Canada—Printed in Canada

1

Le couple avançait sans se presser le long du corridor de l'aérogare. La jeune femme grande et svelte, ignorait les regards dirigés vers elle sur son passage. Des cheveux blond cendré, flottaient sur ses épaules et encadraient un ovale parfait.

Elle portait un jean vert en coton lustré, une veste en daim et laine noire qui laissait apparaître un chemisier assorti. Ses bottes à hauts talons résonnaient sur le sol brillant.

Elle marchait avec grâce à longues enjambées. L'homme à ses côtés la dépassait de peu. Son pardessus, et son costume ébène devaient provenir d'une maison de couture renommée. Avec ses cheveux très sombres, il était d'une beauté racée.

Au niveau du kiosque à journaux, il saisit la main de sa compagne et l'entraîna vers les hebdomadaires. Sur la couverture d'une revue de mode se détachait un portrait de femme immortalisé par l'appareil photographique. Des lèvres étincelantes esquissaient un sourire, et de splendides yeux bleus brillaient de satisfaction.

Il prit un exemplaire sur l'étagère, et l'examina de plus près.

— Une photo de plus pour ton album déjà bien rempli.

Il lui jeta un regard admiratif.

— Jessie Starr, le modèle le plus recherché du pays. Quel effet cela procure-t-il d'avoir le visage le plus convoité ?

Jessie afficha une moue légèrement ironique.

— Je m'en souviens surtout lorsque l'on m'en parle, admit-elle.

Elle regarda fixement la photo. Elle avait beau savoir que ce visage était le sien, elle y voyait pourtant une étrangère.

— J'ai quelquefois l'impression que cette femme n'est pas moi.

— Il n'y a qu'une Jessie Starr.

Il prit son menton entre ses doigts pour croiser son regard. Une lueur moqueuse se reflétait dans les prunelles de l'homme.

— Peu importe ce qui est mentionné sur ton acte de naissance mais je continue à croire que ton agent a inventé ce nom.

Elle rit doucement. Trevor Martin avait déjà formulé cette accusation lors de leur première rencontre.

C'était à une réception en l'honneur d'un nouveau spectacle de Broadway produit par Trevor. Une des rares sorties du jeune mannequin.

— Ma mère te le confirmera, si tu veux.

— Je te promets de lui poser la question, fit-il, gentiment menaçant. Je vais lui apporter cette revue qui vient juste de sortir. Elle n'a pas dû l'acheter encore.

— Elle sera ravie.

Jessie sourit en guise d'assentiment. Trevor gagnera aisément le cœur de sa mère, songea-t-elle. Quant à son père, ce ne sera pas aussi simple.

Elle l'attendit un instant, le temps qu'il paye le magazine. C'était un homme obstiné, volontaire. Il lui avait fait la cour pendant deux ans et elle avait fini par céder.

A leur première entrevue, il lui sembla trop charmant, trop distingué, trop mondain pour être sincère. Son argent n'impressionna pas la jeune femme. La fortune de la famille Starr au Kansas, possédant du bétail et du pétrole, égalait la sienne.

Depuis son arrivée à New York, six ans plus tôt, Jessie vivait dans un bel appartement spacieux. Au début, son père réglait le loyer, puis son revenu lui permit de s'en charger. Elle le partageait avec une amie qui exerçait le même métier, non pour des raisons matérielles, mais parce qu'elle aimait la compagnie.

Elle n'avait pas non plus été impressionnée par la position de Trevor dans les milieux du spectacle de Manhattan. Mannequin célèbre, elle touchait déjà de gros cachets. Ainsi put-elle le maintenir à distance jusqu'à ce qu'il prouve la sincérité de ses sentiments. Jessie l'avait décidé en connaissance de cause, sans céder à la moindre pression.

Trevor la rejoignit la revue sous le bras et enlaça la taille de la jeune femme.

— Allons-nous chercher les valises et trouver la compagnie d'avions-taxi ? Ou préfères-tu te reposer et prendre une tasse de café ?

— Pas de café pour moi, merci.

Jessie jeta un coup d'œil sur la grande horloge de l'aérogare de Kansas City.

— Nous devons traverser tout l'état. Je ne veux pas risquer d'arriver de nuit ; il n'y aura pas de lumières sur la piste d'atterrissage du ranch.

— Nous avons tout le temps, lui assura-t-il.

Toutefois il ne poussa pas la discussion plus loin et la pressa vers la réception des bagages. Il s'arrêta devant une rangée de cabines téléphoniques.

— Tu es sûre que tu ne veux pas appeler tes parents?

— Non, répondit-elle en hochant la tête. Je désire leur faire la surprise.

Trevor haussa un sourcil désapprobateur.

— Mais il faut les laisser préparer notre venue, nous ne pouvons pas surgir à l'improviste...

Jessie éclata de rire.

— Tu ne comprends pas; chez nous la porte est toujours ouverte. Ma mère n'a pas besoin d'être prévenue pour recevoir. Elle est prête au cas où l'occasion se présente. En outre je ne veux ni tambour ni trompette pour mon retour.

— Tu peux te le permettre; tu es la fille de la maison. Mais moi? Que vont-ils penser de leur futur gendre?

— Je ne veux pas les informer tout de suite de nos fiançailles...

Elle poursuivit, précisant ses intentions :

— Quand papa et maman te verront pour la première fois, je veux qu'ils fassent ta connaissance sans idée préconçue à ton égard.

— A l'égard de l'homme qui est en train de leur dérober leur fille.

Un doux sourire flotta sur les lèvres de Trevor.

— Plus ou moins, admit Jessie. J'en suis sûre : ils t'aimeront tout de suite. De toute façon, ils sont impatients d'avoir des petits-enfants.

— Pas trop impatients, j'espère, murmura-t-il sèchement.

Elle lui jeta un regard intrigué.

— Je voudrais profiter de toi seule pendant un certain temps.

— J'ai appris à la campagne que ces choses-là prennent du temps, répliqua-t-elle d'un ton sérieux mais contrasté par une lueur amusée dans ses yeux bleus.

— Je le sais.

Il l'observa avec indulgence.

Elle examina la bague de fiançailles à son doigt. Un énorme solitaire brillait de mille feux.

— J'aurais préféré que tu ne dépenses pas autant d'argent pour ce bijou. Quelle folie ! C'est presque indécent !

Trevor sembla ne pas remarquer la nuance de critique.

— Je voulais que tout le monde puisse l'admirer. Tu m'appartiens : il ne doit pas y avoir de doute là-dessus.

— Personne ne peut manquer de la remarquer.

Jessie, gênée par son poids, la rajusta sur son doigt.

— Je n'ai jamais prétendu être humble, admit Trevor sans remords.

Son arrogance innée faisait partie de son charme, sa fiancée l'acceptait, même quand elle en était irritée.

— Je suis content que tu ne sois pas affligée d'une regrettable fausse modestie, poursuivit-il. Tu es belle, tu as du succès et tu le sais.

Une lueur de curiosité illumina les prunelles de sa compagne.

— Je ne t'ai jamais demandé l'opinion de tes parents au sujet de ta carrière, reprit-il encore.

— Ils en sont très fiers !

Elle haussa les épaules :

— A leurs yeux, je ne risque rien.

— Alors pourquoi te préoccupes-tu autant de leur jugement sur moi ?

— Parce qu'ils demanderont où nous allons habiter après le mariage et il faudra leur avouer que c'est à New York. Selon eux, cette ville est un lieu de débauche où l'on ne compte plus les vols, les beuveries, et les viols. Je n'ai pas réussi à les détromper.

— Mais ils s'y sont déjà rendus, n'est-ce pas ?

— Oui. Généralement je les vois deux à trois fois par an. C'est la première fois que je retourne au Kansas depuis mon départ.

Le temps lui semblait à la fois très court et très long.

— Pourquoi si tard ?

— Je ne voulais pas rentrer à la maison avant d'avoir réussi. Mais quand j'ai obtenu le succès, je n'avais plus le loisir d'y aller. Si maman et papa n'étaient pas venus si souvent, je me serais probablement arrangée pour y faire un saut. Mais depuis que Gabe dirige la propriété, ils sont beaucoup plus libres que moi.

— Gabe ? Qui est Gabe ? Tu ne m'en as jamais parlé...

Trevor paraissait songeur.

— Gabe Stockman est le régisseur du ranch.

Ils arrivèrent à la réception des bagages et Jessie cessa de penser à Gabe Stockman.

Après avoir récupéré leurs valises, il héla un porteur qui les accompagna jusqu'à la passerelle d'un bimoteur. Ils grimpèrent à bord.

— Les ceintures sont-elles attachées ? s'enquit le pilote en jetant un regard vers les passagers, avant de s'installer aux commandes.

— Oui, répliqua Jessie.

Son fiancé se contenta de hocher négligemment la tête.

— Quelques minutes pour contrôler la liste et nous partons, promit-il.

C'était un homme d'âge mûr, expérimenté et sûr de lui, avec de surcroît une allure militaire.

Un instant plus tard, les moteurs vrombissaient, et les ailerons battaient l'air en se soulevant. Puis le pilote demanda l'autorisation de rouler sur la piste, une voix saccadée lui donna les instructions nécessaires..

Au moment du décollage, Jessie sentit son cœur

bondir de joie à l'idée de voyager dans ce petit avion. Elle lança un coup d'œil, en direction de son fiancé qui regardait nonchalamment par la fenêtre à mesure que l'appareil prenait de l'altitude. Puis elle se rendit compte avec une pointe de regret qu'il ne pouvait éprouver la même émotion : il ne rentrait pas à la maison, lui...

Peu après ils mirent le cap sur l'ouest, traversèrent le fleuve Missouri et les vastes champs de blé de l'est du Kansas. Après six ans de résidence dans une ville en béton, elle comprit à quel point la campagne, la vie en pleine nature lui manquaient.

Au-dessous, s'étalait un immense tapis tacheté de plusieurs nuances de brun. Les prés étaient teintés d'un vert printanier. L'horizon s'étendait presque sans limite. Seul un nuage blanc rompait l'uniformité du ciel bleu. Le soleil brillait avec éclat.

Trevor voulut engager la conversation malgré le bourdonnement assourdissant des moteurs.

— Plutôt monotone, tu ne trouves pas ? remarqua-t-il en désignant le paysage toujours identique qui défilait en dessous.

— Les immeubles en béton sont tout aussi lassants. La nature, elle, change souvent d'aspect.

Elle n'avait pas envie de discuter, mais en voyant l'air désapprobateur de son compagnon, elle se mit à rire.

— Il y a autre chose que du désert, à l'ouest des Alleghenys.

— Il y a Los Angeles, concéda-t-il sèchement.

— Regarde, nous survolons les Collines Flint. C'est magnifique, n'est-ce pas ?

— Si tu le dis, admit-il sur un ton indulgent.

— J'attends les tournesols, reprit-il. Le Kansas est bien l'état où poussent les tournesols ?

— Oui, mais ils ne fleurissent pas toute l'année,

plaisanta Jessie. Enfin, j'en suis heureuse, tu n'as pas confondu avec l'Iowa, l'état du maïs !

Si Trevor avait manifesté plus d'intérêt, elle lui aurait fait remarquer la vieille piste de Santa Fe datant de l'époque glorieuse des pionniers. Mais elle demeura silencieuse en observant par le hublot le sol sur lequel glissait l'ombre de l'avion. En obliquant au sud-ouest, le fleuve Arkansas apparut. Plus loin, elle devinait cachée aux regards, la ville historique de Dodge City où les cow-boys du Texas menaient leurs troupeaux jusqu'au chemin de fer.

Ils approchaient de la propriété des Starr, traversée par le fleuve Cimarron qui serpentait à travers les collines rouges. Il était encore trop tôt pour reconnaître l'emplacement du ranch. Jessie se renversa dans son siège. Ils n'avaient presque pas parlé pendant tout le vol. Elle jeta un regard vers son fiancé pour voir s'il dormait. Il était réveillé et l'observait fixement.

— Je suis bien contente d'avoir prévu ces deux semaines de vacances, fit-elle. Quel bonheur de séjourner à la maison pour quelque temps. Tu es sûr de ne pouvoir prolonger ton week-end ?

— Il me faut à tout prix rentrer lundi, répliqua Trevor. Les affaires, ma chérie. De toute façon, je préfère prendre un long congé pour notre lune de miel. Nous en gâcherions une partie si je demeure près de toi, chaperonnée par tes parents. D'après tes propos, ils semblent plutôt vieux jeu...

— Oui, mais ils sont très gentils. Ils te plairont sûrement, répondit-elle avec assurance.

Trevor avait beau se moquer, il appréciait cependant les difficultés qu'il avait éprouvées à la conquérir. Mais une fois conquise, il n'avait plus l'intention de la lâcher, ce qui convenait parfaitement à Jessie.

— Reste donc deux jours de plus.

« Samedi et dimanche passeront si vite, il n'aura pas

vraiment le temps de lier connaissance avec mes parents », songea-t-elle.

— J'aimerais te faire visiter la propriété.

— C'est impossible, je le crains, répondit-il sans hésitation. Ce serait probablement très intéressant, mais la campagne me laisse indifférent. Une vue d'avion suffira.

Jessie le savait et se résigna.

— Papa va vouloir te montrer ses réalisations, il en est très fier.

— Je te promets de prêter une oreille attentive, au moment venu, lui assura-t-il d'une voix quelque peu moqueuse.

— Tu ne peux vraiment pas rester un peu plus longtemps ? insista-t-elle.

— Non.

Il prit sa main et la porta à ses lèvres.

— Nous ne sommes pas encore arrivés et déjà tu penses à mon départ. Ce n'est pas étonnant que je sois si amoureux de toi !

— Je t'aime aussi, Trevor, murmura Jessie.

Elle caressa tendrement sa joue hâlée. Puis en se penchant vers lui, elle l'embrassa passionnément.

Le changement de bruit du moteur leur indiqua qu'ils perdaient de l'altitude. Elle se redressa sur son siège pour la descente, après avoir quitté, à regret, l'étreinte de son fiancé.

— Nous allons bientôt aborder le terrain d'atterrissage, lança le pilote par-dessus son épaule.

Jessie vérifia l'attache de sa ceinture puis regarda par le hublot. A présent ils survolaient le ranch Starr, elle en était sûre.

— Savez-vous dans quel état se trouve cette piste privée ?

— Elle traverse un pré, mais elle est sans aucun doute très bien entretenue. Mon père y tient beaucoup, répliqua la jeune femme avec confiance. Elle est située sur le plateau juste derrière les bâtiments qui apparaissent à droite.

— J'espère que tes parents sont à la maison, fit remarquer Trevor. Ce serait vraiment trop bête d'avoir parcouru tout ce chemin pour apprendre qu'ils sont partis en vacances.

— Ne t'inquiète pas. Je leur téléphone toutes les semaines. Ils m'ont assuré dimanche dernier ne pas bouger avant les grandes chaleurs.

La maison principale, blanche, à deux étages se dressait comme une sentinelle immuable. Les hautes branches des arbres qui entouraient la bâtisse semblaient bien nues, vues d'avion, mais une pelouse récemment plantée recouvrait le sol. On pouvait apercevoir le foin entassé en grosses bottes près des granges, et les vaches d'Hereford disséminées sur le domaine.

Par prudence, le pilote inspecta la piste avant l'atterrissage. Une joyeuse bouffée d'orgueil envahit Jessie : l'herbe était en excellent état, et fraîchement coupée comme si on les attendait. Le vent soufflait à peine comme l'indiquait la manche à air disposée sur le petit hangar métallique. Une grande étoile peinte sur le toit indiquait qu'il faisait partie du Ranch Starr.

— Nous allons être forcés de marcher jusqu'à la maison, maugréa Trevor.

— Quelqu'un entendra sûrement l'avion et viendra à notre rencontre. Tu verras, nous n'irons pas à pied, le rassura-t-elle.

Le pilote fit descendre l'appareil par étapes, puis il réduisit la vitesse au point mort, et l'amena à se poser en douceur. Au bout de la piste, le bimoteur tourna et s'arrêta près du hangar. Soudain une camionnette freina devant le bâtiment. Un homme grand, vêtu d'un jean et coiffé d'un chapeau de cow-boy en sortit.

— Vous avez atterri sur une propriété privée, annonça-t-il d'une voix grave.

Il paraissait attendre des explications.

— Je peux vous indiquer plusieurs terrains municipaux, reprit-il, à moins que vous n'ayez des ennuis mécaniques ?

— Je transporte des passagers pour le ranch Starr, répliqua le pilote sans se départir de son calme.

— Des passagers ?

Il lâcha le mot d'un ton incrédule.

Juste à ce moment-là, Jessie s'extirpa de l'avion en enjambant le rebord. Elle éclata de rire, heureuse d'être de retour à la maison.

— Tu ne vas pas commencer à me donner des ordres avant de me laisser le temps de poser le pied par terre, Gabe.

Il la regarda descendre les marches encastrées dans l'aile de l'engin, en restant muet. Une fois sur l'herbe, elle considéra l'homme qui se tenait à quelques mètres d'elle : Gabe Stockman, le régisseur du ranch de son père.

Jessie avait l'habitude de se trouver en compagnie d'hommes de sa taille ou à peine plus grands qu'elle. A sa grande surprise, elle dut lever la tête pour croiser son regard. Elle avait oublié ce détail après six ans. Ce cowboy aux épaules larges, incroyablement musclé, approchait de la quarantaine. Son visage était bronzé et lisse, de petites rides se dessinaient au bord de ses paupières à force de plisser les yeux sous le soleil du Kansas. Une moustache aussi noire que les cheveux sous son chapeau gris de poussière encadrait sa lèvre supérieure.

Elle se sentit inspectée de fond en comble par un œil attentif. Visiblement, il appréciait les changements opérés sur elle en six ans. La jeune femme se sentit déconcertée par la sensualité qui émanait de Gabe.

— Alors, tu ne parles pas ? lui demanda-t-elle nerveusement pour mettre fin à ce silence qui la rendait mal à l'aise.

Il esquissa un sourire équivoque, geste familier qui faisait disparaître le coin de sa bouche derrière sa moustache.

— Il était grand temps que tu reviennes.

Jessie éprouva à nouveau la chaude sensation de se trouver enfin chez elle. Gabe n'était pas un étranger, mais l'ami attentif de son adolescence, qui avait accablé de sarcasmes les garçons amoureux d'elle, qui s'était moqué de ses ambitions professionnelles à New York, mais qui n'avait jamais cessé d'écouter ses malheurs petits et grands.

— C'est ainsi que tu souhaites la bienvenue ?

Elle traversa en riant l'espace qui les séparait, enroula ses bras autour du cou de Gabe et se haussa sur la pointe des pieds pour lui déposer un baiser sur la joue. Elle l'effleura à peine, car elle sentit sa poigne puissante la soulever par la taille avec une telle force qu'elle crut en perdre le souffle. Il resserra son étreinte en la pressant contre lui et la jeune femme laissa échapper un gémissement de douleur. Puis ses talons heurtèrent le sol, Gabe l'avait relâchée, il montrait un visage froid et inexpressif.

Elle faillit lui demander la raison de son mouvement d'humeur, mais comprit trop tard son erreur. Elle n'était plus à New York où tout le monde s'embrassait indifféremment. Gabe était trop réservé pour accepter cette effusion trop démonstrative. Elle sourit, feignant d'ignorer l'incident.

En voyant Trevor s'approcher d'eux, elle se tourna, vers lui, tout en s'éloignant légèrement du régisseur.

— Gabe, voici Trevor Martin, mon fiancé, commença-t-elle. Trevor, voici Gabe Stockman, le régisseur du Ranch Starr.

16

— Je suis enchanté de vous connaître, monsieur Stockman. Jessie m'a parlé si souvent de vous.

Trevor mentit avec aisance et offrit même de lui serrer la main, mais l'autre s'adressait déjà à la nouvelle venue. Celle-ci ne put déterminer s'il faisait exprès de ne pas remarquer la main tendue ou s'il ne l'apercevait réellement pas. De toute façon son expression impassible ne permettait aucune interprétation. C'était un masque impénétrable au regard terriblement fixe.

— Je suppose qu'il est la cause de ton retour, observa-t-il avec réprobation.

Cela mit Jessie hors d'elle. Il avait l'audace de parler de son fiancé comme s'il était absent.

— Trevor en est la raison principale. Il m'a demandé de l'épouser la semaine dernière et je voulais que maman et papa le connaissent tout de suite.

— J'ai essayé de convaincre Jessie de l'opportunité de les prévenir de notre arrivée, expliqua ce dernier. Mais elle tenait absolument à leur faire la surprise. J'espère seulement que M. et Mme Starr sont là. Ils ne sont pas partis pour le week-end, n'est-ce pas?

— Non, ils sont à la maison, répondit Gabe sèchement.

— Alors, qu'attends-tu pour nous féliciter? fit la jeune femme d'un air de défi, irritée par son attitude.

— Félicitations.

Sa voix terne ne reflétait aucune émotion. Son regard se posa sur l'énorme solitaire qu'elle portait au doigt.

— Ne la garde pas sur toi au milieu des animaux, ça risque de les exciter.

Il ajouta cette remarque sans la moindre pointe d'humour.

— Où dois-je mettre les bagages? s'enquit le pilote derrière eux.

Il avait entre-temps sorti toutes les valises et les avaient posées sur l'herbe.

Gabe passa devant le couple pour prendre la situation en main.

— Nous les chargerons à l'arrière de la camionnette.

Après avoir ramassé une des plus lourdes, il jeta un coup d'œil par-dessus son épaule. Trevor n'avait pas bougé, en homme habitué à être servi. Le régisseur prit de son autre main un bagage plus léger et lança en désignant la grosse malle qui restait :

— Vous pouvez prendre celle-ci, monsieur Martin.

Son interlocuteur se raidit, hésita, puis s'en empara.

Jessie se sentit prise entre deux feux, tout en comprenant très bien la situation. D'un côté, Trevor, pour qui il était inconcevable d'accomplir le moindre travail de ce style. De l'autre, Gabe, qui n'était pas un domestique mais le régisseur d'un ranch, possédant les pleins pouvoirs. Il voulait bien aider mais pas servir.

Toutefois Jessie s'irrita de la brutalité non dissimulée avec laquelle il s'était adressé à Trevor. Il aurait dû faire preuve de plus de finesse, plus de gentillesse ; ce dernier se serait sans doute excusé de sa maladresse. Maintenant par la faute de Gabe et de son intolérance, une tension s'était immiscée entre eux.

Une fois les bagages chargés, le pilote grimpa dans son avion, mit les moteurs en marche et décolla. Jessie s'installa entre les deux hommes à l'avant de la camionnette ; ses épaules touchaient les leurs. Elle laissa son fiancé lui prendre tendrement la main et ils nouèrent leurs doigts amoureusement. Le régisseur se pencha en avant pour allumer le contact et leur lança un regard désapprobateur comme s'il condamnait ce geste.

— D'où venez-vous, monsieur Martin ? de New York, je suppose...

Sa voix était tranchante, tel le fil d'un rasoir.

— Oui, de Manhattan, rétorqua Trevor.

Il ajouta non sans ironie :

18

— Manhattan se trouve dans la ville de New York, et non dans l'état de New York.

— Je suis au courant, reprit l'autre en passant la troisième et ignorant la boutade. Quel est votre travail ?

— Je m'occupe de plusieurs secteurs : investissements dans l'immobilier — bureaux et appartements — et dans les actions. Je produis aussi des spectacles à Broadway.

— Etant donné votre habitude des responsabilités, une femme ne doit pas représenter une charge trop lourde...

La remarque était insolente mais indifférente en même temps.

— Elle ne sera sûrement pas une charge, répliqua Trevor avec une arrogance flagrante. Au contraire, nous réaliserons des économies. Nous n'aurons qu'un loyer à payer.

— Comment ? Vous ne vivez pas déjà ensemble ? s'enquit Gabe avec une surprise trop innocente pour être sincère.

— Non ! Nous n'habitons pas ensemble ! s'écria la jeune femme.

Jessie rougit violemment en sentant le regard du conducteur glisser sur son fiancé et elle. Elle n'était pas gênée mais furieuse du manque de tact dont il faisait preuve.

Elle essaya de se rapprocher davantage de Trevor, mais un virage l'entraîna vers son autre voisin. Alors elle se rendit compte qu'elle avait mal aux côtes, à l'endroit où Gabe avait serré si fort...

— Je n'ai pas l'impression que vous connaissez bien Jessie, monsieur Stockman, proféra Trevor avec une calme assurance.

— Vous non plus, vous ne connaissez pas bien Jess.

En se servant de ce diminutif, Gabe indiquait un

19

secret entre eux qu'il n'aurait pas dû révéler à Trevor. « Jess-sois-sage », c'était sa rengaine autrefois…

Dans un sens, il avait raison. Elle avait depuis toujours un caractère curieux, avide d'explorer de nouveaux territoires. Ses promenades à cheval dépassaient le plus souvent les limites autorisées dans le ranch. Elle était audacieuse, et bravait le danger.

Un autre virage, et soudain Jessie se trouva devant la maison de son enfance. A l'extrémité des branches squelettiques, pointaient des petits bourgeons verts. Dans quelques jours le printemps étalerait son grand tapis de verdure. Gabe arrêta la camionnette juste en face d'une allée pavée qui menait à la demeure familiale.

— Combien de temps avez-vous l'intention de rester ?

Il adressa cette question à Trevor tout en s'extirpant du véhicule.

— Je dois partir lundi. Mais Jessie va rester quinze jours.

Cette fois-ci, il se précipita vers l'arrière de la camionnette pour s'emparer des bagages.

Jessie proposa de les aider et Gabe lui tendit les valises les plus légères.

— Deux semaines seulement, ce n'est pas très long, à côté de six ans d'absence, répliqua-t-il en la regardant d'un air réprobateur. Cela ne fait que deux jours et demi par an.

— Je me suis tout de même arrangée pour les prendre, se défendit-elle.

— Elle a un visage très convoité par les photographes, conclut son fiancé non sans fierté.

Gabe parut indifférent à cette observation.

— Je ne pense pas que le monde s'écroulerait si elle s'accordait quelques mois de congé.

— Sa carrière risquerait d'être sérieusement affectée, murmura Trevor légèrement ironique.

— Et alors?

Gabe haussa les épaules nonchalamment.

— Vous allez vous marier, n'est-ce pas? Continueras-tu encore à travailler?

Il posa un regard interrogateur sur la jeune femme.

— Oui, bien sûr.

Elle jeta un coup d'œil vers Trevor qui lui répondit par un sourire encourageant.

— Il n'est pas question que je me mette en travers de la profession de Jessie, juste au moment où elle est au faîte de la gloire, confirma-t-il.

Gabe le parcourut des yeux depuis la pointe de ses souliers vernis jusqu'à la racine de ses cheveux, comme s'il doutait de sa virilité. Il se détourna avec une expression dégoûtée et émit un grognement qui manifestait suffisamment son mépris.

Trevor sentit la colère l'envahir tout entier. Il s'avança vers le régisseur avec un air de défi.

— Non, murmura Jessie en guise d'avertissement.

Elle savait qui aurait le dessus dans une bagarre. Ce ne pouvait être son fiancé. Il ne faisait pas le poids, ni physiquement, ni psychologiquement. Il n'avait pas l'expérience de son adversaire. Elle se demandait en outre s'il était capable de se montrer aussi impitoyable.

Avec un remarquable sang-froid, il réussit à maîtriser l'expression de son visage jusqu'à la rendre complètement neutre. Il adressa un sourire gêné à sa fiancée et lui fit signe de les précéder vers la maison. Tout en marchant, la jeune femme fut frappée du contraste existant entre les deux hommes.

Ils étaient tous deux grands et bruns, mais l'un semblait découpé à la hache, alors que l'autre avait la finesse d'un gentleman. Il était vêtu d'un costume et d'un manteau de prix, sans doute fabriqués sur mesure, et chaussé de cuir fin. Cet homme raffiné, aux manières parfaites n'ignorait rien des usages du monde. Gabe s'habillait d'un jean et portait des bottes de cow-boy usées jusqu'à la corde. Il disait tout ce qu'il pensait, sans la moindre appréhension. Il s'était formé sur le tas, grâce à une intelligence et une perspicacité tout à fait exceptionnelles. Trevor, au contraire, avait fréquenté les meilleures écoles possibles, puis avait passé deux ans dans une université européenne. Ils étaient tous deux virils, chacun à sa manière. Jessie se sentit confusément troublée par la comparaison, sans comprendre pourquoi.

Avant même d'atteindre les marches jusqu'au porche, elle vit la porte s'ouvrir et son père sortir, le visage radieux quoiqu'encore incrédule. Il était mince et beau avec ses cheveux blonds à peine argentés.

— Je t'ai vue arriver dans l'allée et je ne pouvais en croire mes yeux !

— C'est une surprise ! s'exclama-t-elle en riant.

Il se tourna et cria en direction de la demeure :

— Caroline ! C'est Jessie ! Elle est rentrée à la maison !

2

Les minutes suivantes se perdirent dans la confusion des embrassades et des rires. Ils parlaient tous en même temps sans s'écouter l'un l'autre. Le père de Jessie remarqua enfin la présence discrète de Trevor et interrompit le remue-ménage.

— Qui est ce jeune homme qui t'accompagne ? demanda-t-il.

Du coup, la mère se détourna de sa fille pour s'intéresser au nouveau venu.

Avant que la jeune femme ait pu placer un mot, Gabe s'interposa.

— C'est son fiancé.

— Maman, papa, voici Trevor Martin, mon fiancé, déclara-t-elle précipitamment pour combler le silence après la déclaration du régisseur. Trevor, voici ma mère, Caroline, et mon père, John.

Ils se serrèrent la main.

— Maintenant je comprends de qui Jessie tient sa beauté, commença le jeune homme en glissant un regard charmeur vers Mme Starr. Puis-je vous appeler Caroline, c'est plus simple. Mère ne me semble pas adéquat, vous paraissez beaucoup trop jeune pour être la mienne, à plus forte raison ma belle-mère.

— Comme vous savez bien tourner les compliments,

Trevor, s'exclama-t-elle en riant. Surtout n'hésitez pas à employer mon prénom si vous le désirez.

— Merci Caroline, répliqua-t-il en s'inclinant vers elle.

Les yeux de la jeune femme rencontrèrent incidemment ceux de Gabe. Elle put y lire le même dégoût qu'auparavant, mais seulement la fraction d'une seconde, car il retrouva bientôt le masque d'indifférence qui lui était coutumier. *Qu'il aille au diable!* pensa-t-elle avec colère.

— Je n'arrive pas à me rendre compte que ma Jessie est fiancée.

Caroline hocha la tête, incrédule, puis elle se mordit la lèvre inférieure pour contenir son émotion.

— Tu ne vas pas te mettre à pleurer, ordonna John en passant le bras autour des épaules de sa femme avec tendresse.

— Non, mais je suis si heureuse, répondit-elle.

Elle plongea son beau regard bleu foncé dans celui de sa fille, exactement de la même couleur.

— Tu l'aimes, n'est-ce pas? Quelle question! Tu ne peux que l'aimer sinon tu ne l'épouserais pas.

— Je l'aime, maman, confirma-t-elle pour la rassurer.

Puis elle leva sa main gauche et fit admirer sa bague de fiançailles.

— Regardez!

— Elle est magnifique... murmura sa mère bouche bée.

— Elle est aussi grosse qu'un bouchon de carafe, fit remarquer son père en jetant un coup d'œil vers son futur gendre. Elle va vous mettre sur la paille si vous la laissez répéter trop souvent des folies de cette sorte!

— Elle les vaut bien.

Trevor se contenta de sourire sans se donner la peine

d'expliquer qu'il était responsable de ce choix et non elle.

— Mon Dieu, avec tout ceci nous n'avons pas encore franchi la porte d'entrée ! s'exclama Caroline. Rentrez donc. John, veux-tu porter les valises de ta fille.

— J'espère que notre arrivée inopinée ne bouleverse pas trop la maison, souffla Trevor.

— De toute façon, ils ne vous le diront pas, répliqua Gabe d'une voix dure et sèche.

— Ne l'écoutez pas, coupa la mère de la jeune femme. Nous sommes toujours prêts à recevoir de la visite et trop heureux d'en avoir, surtout quand il s'agit de ma fille et de mon futur gendre. Laissez-moi suspendre votre manteau, Trevor.

Jessie vit son père examiner le complet et la cravate de son fiancé. Les hommes ne s'habillaient guère ainsi au Kansas, sauf pour les grandes occasions. John Starr en particulier évitait le plus possible les vêtements conventionnels.

— Quelles sont tes valises, Jessie ? interrompit le régisseur. Je vais les monter dans ta chambre.

— Toutes sauf les deux jaunes avec les lanières marron.

Gabe leva un sourcil interrogateur : il ne comprenait pas la nécessité d'emmener tant d'affaires pour trois jours. Jessie ne savait pas comment lui expliquer à quel point son fiancé était pointilleux au sujet de sa toilette : tout devait être coordonné. Puis elle se rendit compte avec irritation qu'elle n'avait aucun besoin de lui donner de justification. Elle se tourna vers sa mère en s'efforçant de cacher sa colère.

— Je dors dans ma chambre de jeune fille, n'est-ce pas ?

— Oui, ma chérie. Trevor prendra la chambre d'amis au bout du couloir. Es-tu d'accord ?

— C'est parfait.

— Allons nous asseoir. Je vais préparer du café. Ou préférez-vous autre chose ?

— Je pense qu'ils ont surtout envie de se reposer et de se rafraîchir après ce long voyage, intervint son mari.

— Mais bien sûr, comme je suis sotte !

Caroline Starr s'arrêta et s'adressa à Trevor en s'excusant.

— Vous devez me trouver une piètre hôtesse... Ma seule excuse, c'est le retour de Jessie. Je ne peux pas m'empêcher de l'accaparer.

— C'est parfaitement normal, Caroline. Je ressens la même chose que vous.

Il dosa avec soin l'élan passionné, ponctuant cette réponse, juste assez pour faire sourire sa future belle-mère.

— Je vous accompagne en haut, proposa-t-elle.

— Ce n'est pas la peine. Je connais le chemin. Prépare plutôt du café, j'en meurs d'envie, déclara le jeune mannequin.

— A ton aise, répliqua sa mère.

En se tournant vers l'escalier, Jessie vit Gabe avec ses valises sous le bras. Il ne restait que son vanity-case.

— Je le prends, Gabe, dit-elle en se baissant pour le ramasser.

— Je n'avais pas l'intention de le porter.

L'absence d'expression sur son visage renforçait la froideur du ton de sa voix. Visiblement il voulait faire comprendre à la jeune femme qu'elle avait beau être célèbre, il ne déroulerait pas le tapis rouge devant ses pieds. Elle n'attendait rien de cette sorte, et fut d'autant plus blessée qu'il puisse même le penser.

Mais sa pointe d'humeur se manifesta dans le regard qu'elle jeta à Trevor.

— Par ici, lui fit-elle en indiquant le chemin, puis elle ajouta pour ses parents : nous descendons bientôt !

En montant les marches, Jessie sentait naître en elle des idées meurtrières à la vue du large dos de Gabe devant elle. Le poids des bagages faisait saillir ses muscles sous sa chemise. Il n'avait pourtant pas l'air de déployer le moindre effort. Une fois sur le palier, il les attendit avec la même figure impénétrable.

— Votre chambre est au bout du couloir, monsieur Martin.

Il indiqua le côté droit avec le bout de son chapeau.

— Merci, rétorqua Trevor d'un ton légèrement condescendant.

— Il y a une salle de bains attenante que vous utiliserez seul puisque l'autre chambre d'amis est vide à l'heure actuelle. Vous y trouverez des serviettes et un gant de toilette propres.

— C'est parfait.

Trevor était agacé de s'apercevoir à quel point le régisseur connaissait les habitudes de la maison. Enervé, il s'adressa à Jessie, d'une voix sèche :

— On se retrouve en bas dans vingt minutes environ.

— D'accord.

Le couple se sépara, chacun dans la direction opposée pour rejoindre ses appartements. Mais la jeune femme ne put aller bien loin, Gabe et les valises lui barraient la route. Elle vit son regard sombre observer son fiancé, et se sentit soudain très anxieuse.

— A propos, monsieur Martin. Jessie a dû oublier de vous prévenir, mais le parquet grince terriblement devant la porte de John et Caroline. Pensez-y lors de vos promenades nocturnes.

Trevor se retourna. Un silence s'abattit, l'atmosphère était électrique. Mais il réussit à se maîtriser.

— Merci de l'information. Je m'en souviendrai, rétorqua-t-il.

Il hésita l'espace d'une seconde, puis repartit vers sa chambre.

Jessie eut le temps de déceler avant d'entrer dans sa propre chambre un sourire de satisfaction sur le visage de Gabe. La colère l'envahit, tandis que le régisseur n'avait pas l'air impressionné le moins du monde.

— Si j'étais un homme, je t'enverrais mon poing dans la figure ! siffla-t-elle rageusement.

— Ton fiancé ne semble guère de ton avis. Mais sans doute est-ce très révélateur... répliqua-t-il, sur un ton ironique.

— Trevor est un gentleman. Il ne s'abaisse pas à se battre pour une malheureuse insulte.

— Il est tellement au-dessus de ça, n'est-ce pas ?

Il la parcourut des pieds à la tête d'un air admiratif, après s'être longuement attardé sur le doux renflement de sa gorge.

— Si tu étais un homme, le problème ne se poserait pas. Même avec ton jean sur mesure, on ne peut pas se tromper, ajouta-t-il en admirant la courbe de ses hanches.

Jessie frissonna sous son regard sensuel.

— Ce n'est pas un jean sur mesure, riposta-t-elle d'un ton sec.

— En tout cas il te va parfaitement, conclut-il avec amusement.

— Va au diable ! cria-t-elle en étouffant de rage. Je regrette presque d'être revenue !

Gabe s'arrêta sur le seuil, puis lança avec cynisme :

— Tout à fait d'accord. Je commence à regretter la même chose.

Et il sortit en claquant la porte.

Exaspérée, elle serra les poings à s'en faire mal. Elle éprouva alors le besoin de bouger et se mit à sortir ses produits de beauté de son vanity-case. Soudain elle entendit des pas au dehors. Par la fenêtre de sa chambre, encadrée de ravissants rideaux, elle pouvait apercevoir la façade de la maison.

Attirée par une force invisible, elle s'en approcha et vit le régisseur émerger de l'ombre du porche. Sa démarche souple, bien inhabituelle pour un homme de sa taille, lui rappela celle d'un félin.

Elle sentit alors une grosse boule au fond de sa gorge. Son retour au nid familial ne répondait pas du tout à son attente et Gabe en était responsable. Dès le début, en lui souhaitant la bienvenue, il avait jeté une note discordante. Par la suite la situation n'avait cessé d'empirer. Pourquoi ? Que s'était-il passé ?

Où se trouvait le lien invisible qui les avait rapprochés si étroitement dans le passé ? Ou bien l'avait-elle simplement imaginé pendant son absence ? Mais quelle était la nature de leurs rapports ? Il ne s'agissait pas d'amitié, il y avait trop de différence d'âge entre eux, pas plus que de sentiments fraternels, Gabe ne la laissa jamais le traiter avec familiarité. Elle découvrit qu'elle ne réussissait pas à définir leurs relations...

Elle se rappela que, adolescente, elle l'avait idéalisé. Mais dès qu'il s'en aperçut, Gabe écrasa cette adoration puérile naissante avec une indifférence cruelle. Il foula aux pieds les illusions qu'elle avait nourries à son égard. Après cette douloureuse expérience, Jessie ne commit plus l'erreur de s'abandonner aux émois amoureux qu'il éveillait en elle.

Il ne restait plus grand-chose, de ces troubles d'autrefois. Un peu désorientée, elle continua à observer la grande silhouette musclée se diriger vers la camionnette. Tout lui sembla familier : ses cheveux, ses yeux, sa moustache noire. Cependant il était devenu un étranger, et en réalité elle ne le connaissait pas du tout.

En entendant la porte s'ouvrir derrière elle, Jessie s'éloigna de la fenêtre avec un sentiment de culpabilité, comme si on venait de la prendre en flagrant délit... Elle était agacée par son comportement. Enfin, elle n'avait rien à cacher, surtout à Trevor. Mais en entrant, il surprit le mouvement furtif de sa fiancée.

— Alors, ma chérie. Es-tu reposée ?

Elle se composa un visage radieux.

— Oui, je vais mieux.

Il s'avança vers l'endroit où se tenait la jeune femme quelques instants auparavant.

Ils virent Gabe arrêté devant la portière du véhicule, en train de regarder justement dans leur direction. Une expression ironique se reflétait sur son visage bronzé. Puis il baissa la tête.

— C'est un laquais insolent, remarqua Trevor.

— A ta place, je ne m'aviserais pas de le lui répéter en face, murmura-t-elle en rangeant ses flacons et ses tubes de crème sur la coiffeuse.

Son fiancé eut un petit rire bref, dénué d'humour.

— Telle n'est pas mon intention, rassure-toi. Cependant j'aimerais bien lui faire avaler sa moustache.

— J'aurais dû te prévenir que Gabe ignorait le sens du mot « tact ». Je n'y ai pas pensé, c'est tout.

— C'est bien dommage.

Il se plaça derrière elle, releva sa chevelure dorée, et embrassa légèrement sa nuque.

— Je pensais que ton père m'interrogerait sur mes origines et nos projets d'avenir, pas un ouvrier agricole.

— Gabe n'est pas plus un ouvrier que ne l'est le directeur d'une de tes entreprises, corrigea la jeune femme en haussant les épaules pour se dégager de lui.

Trevor lui saisit le poignet.

— Je vois que j'aborde là un sujet délicat, déclara-t-il d'un ton sec.

Il l'examina attentivement. Sans savoir très bien pourquoi, elle se sentit très mal à l'aise sous son regard perçant.

— Ce n'est pas la question.

Elle posa sa main sur le revers de la veste de son fiancé.

— Je ne voudrais pas que tu laisses échapper d'autres remarques susceptibles d'envenimer l'atmosphère.

— Enfin, tu me connais.

— Oui, mais je suis prudente. Je veux que tu produises une bonne impression sur tout le monde.

Pour compenser la caresse refusée auparavant, elle lui offrit ses lèvres dont il s'empara avec une passion étudiée. Il la serra plus fort contre lui et glissa sa main sous son pull-over. Ce contact sur sa peau nue procura à Jessie un plaisir aigu. Elle succomba à l'art consommé de son baiser.

Quand Trevor resserra son étreinte, elle ressentit une douleur dans les côtes, semblable à celle infligée par Gabe un peu plus tôt. Elle s'éloigna de son fiancé avec un gémissement.

— Qu'y a-t-il, ma chérie ? T'ai-je fait mal ? s'enquit-il inquiet et curieux à la fois.

— J'ai dû me cogner dans un des virages.

Elle jugea inutile de lui raconter l'incident avec le régisseur.

Il lui sourit d'un air entendu.

— Je me demande ce qui était pire : la suspension de la voiture ou les ornières du chemin...

— Probablement un mélange des deux. La camionnette n'a évidemment rien à voir avec ta Mercedes, mais en ce qui concerne la route, on peut trouver des rues à New York à peu près dans le même état.

— En tout cas mon chauffeur ne ressemble pas à votre cow-boy de service. Où habite-t-il celui-là ? Ici à la maison ?

— Non.

Jessie posa son vanity-case vide sur le sol, et se mit à déballer son linge.

— Papa a aménagé un des abris en pavillon privé pour Gabe. Pourquoi ?

— Il semble connaître la maison de fond en comble, déclara-t-il en haussant les épaules. L'emplacement de ta chambre à coucher, le parquet qui grince...

— Il est pour ainsi dire un membre de la famille. Il peut aller et venir à sa guise. D'ailleurs aucun détail, même le plus futile n'échappe à son attention. Il possède une mémoire d'éléphant ; il peut pénétrer une seule fois dans une pièce et se rappeler avec précision toutes ses particularités.

— Avait-il une raison spéciale de s'introduire dans ta chambre ?

Jessie n'apprécia pas du tout la façon dont Trevor la regardait et l'insinuation soutenue dans sa question.

— Le battant de ma fenêtre était resté coincé et papa lui a demandé de la dégager, rétorqua-t-elle avec irritation. Mais que croyais-tu donc ?

— Hé là, doucement, qu'est-ce qui te prend ? se moqua-t-il en souriant.

— Je n'aime pas tes sous-entendus !

La jeune femme rangea fiévreusement son beau linge, bordé de dentelle, dans les tiroirs vides de sa commode.

— Tout cela parce que j'ai cru un instant à une aventure entre vous il y a six ans.

Son fiancé la scrutait avec une intense curiosité.

— Est-il marié ?

— Non.

Elle s'efforça de se calmer, reconnaissant que son attitude était exagérée.

— Pourquoi réagis-tu avec autant de véhémence ?

Bien qu'il fût désireux de savoir ses raisons, il garda un ton détaché.

— Il a un style brutal qui plaît à certaines femmes, en particulier aux adolescentes. On le croirait sorti d'une publicité pour cigarettes américaines. Tu aurais pu tomber amoureuse de lui, n'est-ce pas ?

— Oui. Mais rien de tel ne s'est produit.

— Je cherchais seulement à savoir si j'avais un rival. J'ai horreur d'être jaloux des fantômes du passé.

Elle se sentit soulagée en entendant cette explication et l'examina avec tendresse.

— Gabe ne figure pas sur la liste de mes anciens soupirants. Tu n'as rien à craindre de ce côté-là.

— Tant mieux. Je peux partir le cœur léger en te laissant ici pendant deux semaines.

Il ramassa une chemise de nuit marron transparente bordée de dentelle beige.

— Très joli, lança-t-il. Il faudra vraiment que tu poses pour moi dans cette tenue.

Ce ne fut pas le regard volontairement suggestif qui éveilla une onde de chaleur dans le corps de la jeune femme, mais l'idée qu'il puisse être jaloux.

— Tu as réellement pensé que je pouvais être amoureuse de Gabe ? demanda-t-elle avec étonnement. Tu le craignais ?

— J'avais des doutes à ce sujet.

— Mais enfin, il est tellement plus âgé que moi.

— Comment cela ?

Il semblait très sceptique devant cet argument.

— Il a trente-sept ou trente-huit ans au maximum, et toi, ving-cinq. Cela ne fait pas une différence énorme, douze ou treize ans. Nous en avons bien neuf. En tout cas, il n'aurait pas pu être ton père, si c'est ce que tu essaies de prétendre.

— Non... Bien sûr, concéda-t-elle après un moment d'hésitation. Il me paraissait plus vieux parce que j'étais si jeune à l'époque...

— Peut-être. Veux-tu que nous descendions rejoindre tes parents ou préfères-tu finir de défaire tes valises ?

— Je terminerai plus tard. Ils doivent être impatients de nous voir.

Malgré sa réponse, elle rangea avec soin la chemise que Trevor lui tendit.

Il s'approcha d'elle et la prit par la taille avec une extrême douceur en évitant soigneusement ses côtes douloureuses. Puis sa bouche avança doucement vers la sienne.

— Ma petite orchidée des champs, si belle dans son jean haute couture, se moqua-t-il gentiment en l'embrassant du bout des lèvres. Je remercie quand même Stockman de m'avoir prévenu du parquet qui grince. Ce serait gênant que ton père me surprenne en train de me glisser dans ta chambre au milieu de la nuit.

— Trevor !

Jessie se dégagea de son étreinte, le front plissé, le regard mécontent.

— Ne t'inquiète pas, mon amour, railla-t-il. Je ne le ferai pas, Dieu sait pourtant que je suis tenté !

— Il ne faut pas ironiser sur ces choses-là.

Elle s'éloigna de lui avec irritation.

— Je veux que mes parents t'apprécient. Déjà tu es new-yorkais...

— Evidemment ça arrangerait tout si j'étais un « paysan » du Kansas.

Elle savait très bien qu'il disait la vérité.

— Je suis une « paysanne » du Kansas, lui rappela-t-elle avec une pointe d'orgueil dans la voix.

Trevor n'avait aucune envie de discuter. Il prit son menton entre ses doigts fins et recouvrit les lèvres de la jeune femme d'un long baiser dominateur.

— Tu es devenue belle, élégante et bien raffinée pour une paysanne. Tu seras bientôt Mme Trevor Martin avec le consentement de tes parents. Allons maintenant l'obtenir.

Elle s'efforça de ne pas remarquer l'ombre de mépris

dans la voix de son fiancé. Ils s'enlacèrent et descendirent dans la salle de séjour. Son séjour à la maison avait fort mal débuté, elle ne le laisserait pas se terminer de la même manière.

3

— Que voulez-vous boire, Trevor? demanda John Starr en tendant une tasse de café à Jessie. Nous avons également de la bière et du whisky.

— Whisky, s'il vous plaît, avec un peu d'eau.

Trevor remonta son pantalon en s'asseyant à côté de sa fiancée.

— Un homme de goût, déclara son père en approuvant ce choix. Je prendrai la même chose. C'est le seul verre d'alcool de la journée à la fois permis et prescrit.

— Prescrit? s'enquit sa fille alarmée.

Mais il ignora la question.

— Si nous avions su qu'il y aurait des fiançailles à célébrer ce soir, j'aurais mis le champagne au frais en vous attendant.

Il traversa le magnifique tapis qui recouvrait presque entièrement le sol de chêne massif.

— Je vais chercher de l'eau et des glaçons dans la cuisine.

— Que signifie « prescrit »? demanda Jessie à sa mère.

— C'est son cœur. Le docteur Murphy lui a ordonné de prendre une larme de whisky tous les jours pour stimuler sa circulation, je suppose. Je t'assure, c'est comique.

Elle se mit à rire pour bien montrer sa tranquillité d'esprit et ajouta :

— Ces deux hommes! L'un ment et l'autre couvre ses mensonges.

— C'est grave? interrompit Trevor.

— A nos âges, rien ne doit être laissé au hasard. Mais enfin, si John ne se surmène pas, il peut mourir centenaire. Heureusement nous avons Gabe qui se charge de tout.

— Mais depuis quand êtes-vous au courant? Vous ne m'avez pas avertie, déclara Jessie en fronçant les sourcils.

— Souviens-toi. Il y a quelques années, nous t'avons annoncé que ton père prenait sa retraite, en glissant naturellement sur les détails. De toute façon il n'aime pas en parler, et admettre qu'il n'est plus le même qu'autrefois. Tu dois le comprendre. Franchement il n'a rien de sérieux sinon je t'en aurais fait part.

Le bruit des pas de John Starr résonnèrent sur le sol, et sa femme changea rapidement de sujet de conversation.

— As-tu remarqué les nouveaux rideaux, Jessie. J'ai fini par trouver la teinte qui s'harmonisait le mieux avec le bleu du sofa. Cela rafraîchit la pièce en été.

— Oui, répondit la jeune femme. J'ai constaté aussi que vous avez ajouté une nouvelle pièce à votre collection de bois sculptés.

Elle indiqua le manteau de la cheminée.

— Cet aigle et son nid sont tout à fait extraordinaires.

— Attends d'admirer la vieille boîte à cigares, découverte par ton père chez un brocanteur. C'est un petit trésor, n'est-ce pas John?

Elle regarda son mari avec fierté.

— Oui, pour nous, en tout cas, conclut-il en souriant, puis il versa le whisky dans les verres.

— Elle était en bien mauvais état, mais il a réussi à la restaurer. Il faut absolument que tu la voies.

— Vous avez changé pas mal de choses en six ans.

L'emplacement des meubles était le même, mais ils s'étaient enrichis de deux chaises et d'une table en chêne verni. Ils avaient éclairci les murs dont le reflet bleu-gris contrastait avec les nuances des boiseries.

— Je retrouve la même atmosphère, mais avec des différences dans le décor, conclut-elle.

Puis la conversation se porta sur tous les objets contenus dans la maison. Chacun racontait sa propre histoire, du canapé en cuir dont John n'avait pas voulu se séparer, à la table branlante achetée par sa mère pour une bouchée de pain mais qui lui coûta une fortune à restaurer.

Ils éclatèrent tous de rire quand son père évoqua le souvenir d'un énorme bureau en noyer qui ne franchit jamais le seuil de la maison. Il découvrit juste après l'achat que les fenêtres et la porte d'entrée n'étaient pas assez larges pour le laisser passer.

— Comme vous pouvez le constater, Trevor, mon mari et moi, partageons la même passion pour les antiquités. Bien sûr, nous avons peu de pièces de valeur, mais nous les aimons. J'espère que toutes ces histoires ne vous ennuient pas trop.

— Pas du tout, lui assura le jeune homme.

Jessie glissa sa main sur celle de son fiancé pour le remercier silencieusement d'écouter avec autant d'attention la conversation de ses parents.

— Nous ne l'ennuyons peut-être pas, mais en tout cas nous l'affamons. Quand pourrons-nous passer à table ?

— Mon Dieu, je ne me rendais pas compte qu'il était si tard, déclara Mme Starr en regardant sa montre avec surprise.

Elle se leva précipitamment, Jessie voulut la suivre.

— Je viens t'aider, maman.

— Non, ma chérie, reste ici avec Trevor, insista-t-elle. Le couvert est déjà mis. Je m'arrangerai très bien toute seule.

— Mais...

— Assieds-toi, lui ordonna son père avec un clin d'œil. Obéis à ta mère.

— Oui, papa.

Elle se renversa dans le fauteuil à côté de son fiancé. Elle savait qu'il était inutile d'aller contre la volonté conjuguée de ses parents.

— Etant donné que tu portes déjà la bague de Trevor, tu n'as plus besoin de l'impressionner avec tes talents de cuisinière. Tu fais toujours la cuisine, n'est-ce pas? Je me rappelle encore tes premiers plats... Heureusement tu as progressé rapidement avant que nous mourions tous intoxiqués !

— Ne revenons pas sur les désastres passés, je t'en prie, dit-elle en riant.

— Vous a-t-elle déjà préparé de bons petits plats ?

— Oui, admit Trevor. Mais nous allons très souvent au restaurant.

— Je préfère la nourriture de Caroline à tout ce qu'on peut servir dehors, affirma John. Vous allez voir la façon dont elle mitonne le bœuf : il fond littéralement dans la bouche. Ma femme est un vrai cordon-bleu, et Jessie tient d'elle.

— Je n'ai pas le temps de mijoter grand-chose, malheureusement.

Elle craignait soudain d'avoir perdu la main par manque de pratique.

— Tu vas bientôt pouvoir t'y remettre définitivement, observa son père avec un sourire entendu.

Son fiancé remarqua une vague appréhension dans son regard mais se méprit sur la cause.

— Ne t'inquiète pas, chérie. Je n'ai pas l'intention de

t'emprisonner devant tes fourneaux après le mariage. Mes horaires n'étant guère réguliers, nous ne dînerons pas souvent à la maison. Ce sera beaucoup plus simple.

— C'est vrai, tu n'as pas exactement les heures de bureau d'un employé de banque..., répliqua-t-elle en soupirant.

— John, appela sa mère. Peux-tu venir un instant ? Il faut que tu parles à Gabe. Il a l'impression d'être importun en partageant notre repas. Il prétend qu'il se préparera quelque chose chez lui, mais tu le connais : il est incapable de casser un œuf !

— Je vais lui parler, décida-t-il. C'est absurde.

— Gabe est parfois insupportable, commenta sa femme avec une expression contrariée. Il est comme un fils pour nous... Pourquoi a-t-il imaginé que nous ne voulions pas de lui à dîner ce soir ?

Elle suivit du regard la direction prise par son mari.

Jessie ne souhaitait sa présence en aucun cas, mais elle ne voulait l'avouer devant sa mère, qui en fait n'attendait pas de réponse. Elle jeta un coup d'œil vers Trevor. Celui-ci lui baisa la paume de la main d'un air complice.

— Jessie, déclara Caroline en se tournant vers le couple. Tu devrais y aller et tâcher de le convaincre.

— Oh, maman, vraiment, je...

Des paroles de refus lui montaient aux lèvres, mais son fiancé l'interrompit soudain.

— C'est peut-être une bonne idée. Nous ne désirons pas du tout que Gabe se sente exclu.

Elle l'examina, effarée. Visiblement il ne considérait plus Gabe comme une menace... Mais l'était-il ? Non, bien sûr. Toutefois elle sentit un frisson glacé lui parcourir l'échine à la pensée qu'elle puisse même se poser la question. Elle s'efforça de ne pas y prêter attention.

— Je vais voir ce que je peux faire, consentit-elle en se levant.

Elle grimaça un sourire à l'adresse de sa mère et se dirigea vers la cuisine. Elle entendit le ton apaisant de son père, sans comprendre les mots qu'il prononçait. Mais juste au moment où elle ouvrit la porte, un formidable coup de poing s'abattit sur la table, qui fit trembler la vaisselle dans les armoires.

— Mais enfin, John, tu ne peux pas savoir ce que je ressens en ce moment! cria-t-il en exprimant toute sa colère dans la violence de son ton.

Jessie en eut le souffle coupé.

— Si tu casses la porcelaine de maman, je te laisse imaginer sa réaction, intervint-elle avec un rire nerveux.

Gabe se tourna vers elle, et son visage se ferma instantanément. Son père affichait un air inquiet.

— As-tu prié Gabe de partager notre repas? s'enquit-elle.

— C'est pour cela que tu es venue jusqu'ici? Pour aider John à me convaincre? rétorqua le régisseur, une note de défi dans la voix.

Ses yeux sombres impassibles étaient fixés sur les siens. La jeune femme ne put s'en détacher. Son pouls se mit à battre plus rapidement.

— Oui, admit-elle en prenant la pose d'un mannequin devant un appareil photo. Tu sais très bien que mes parents tiennent à ta présence.

— Et vous deux, toi et ton... fiancé?

Il hésita sur le terme à employer, comme si celui-ci le répugnait.

Malgré son irritation, Jessie lui adressa un de ses sourires charmeurs.

— Nous désirons beaucoup que tu sois là.

Il esquissa une moue à la fois amusée et ironique.

— Comment pourrais-je résister à la volonté de Jessie Starr ?

— Alors tu restes ?

Il poussa un soupir résigné en se détournant.

— Juste le temps de me laver les mains.

Elles étaient posées sur le buffet et paraissaient le soutenir.

Jessie eut pitié de son air las :

— Veux-tu une bière glacée, Gabe ?

Elle remarqua le coup d'œil espiègle qu'il adressa à John.

— Voilà peut-être la solution : noyer mon chagrin dans l'alcool, railla-t-il.

Puis il se tourna vers la jeune femme.

— Non merci. Prévenez Caroline : je me rendrai à table dès qu'elle sera prête à servir, conclut-il en se dirigeant vers l'autre bout de la cuisine.

Gabe intriguait beaucoup Jessie. Elle l'observa jusqu'à ce qu'il disparaisse dans le cabinet de toilette. Elle ne le connaissait plus. Elle jeta un regard troublé vers son père.

— Mais qu'a-t-il donc ? Est-il malade ?

Il ne répondit pas tout de suite, mais soupira en s'approchant d'elle et l'entoura de ses bras avec un sourire triste.

— Il a passé une mauvaise journée, de celles où un homme prend conscience de son impuissance face aux événements. Nous avons eu un hiver très froid et un printemps sec. Il en est très affecté.

— Je suppose que cela explique son comportement aujourd'hui, siffla Jessie entre ses dents. Mais pas l'impolitesse de son accueil.

— J'espère que dans les circonstances actuelles tu feras un effort de tolérance à son égard et excuseras sa méchante humeur.

Le même sourire triste flottait sur ses lèvres.

— Après tout, tu es heureuse. Tes désirs sont exaucés... Un bel homme grand et brun et un anneau au doigt.

Une main sur l'épaule de sa fille, il avança vers la porte.

— Il t'attend dans le salon. Dépêche-toi d'aller le secourir avant que ta mère ne l'abreuve d'histoires de ton enfance !

Comme d'habitude, il réussit à la faire rire.

— Je t'aime tant, papa, déclara-t-elle en l'embrassant.

Ils traversèrent le couloir. Elle s'arrêta avant d'entrer dans le salon.

— Que penses-tu de Trevor ? Il te plaît ? demanda-t-elle d'une voix teintée d'anxiété.

— Il est riche, et séduisant. L'essentiel, c'est ton bonheur, ma chérie. C'est tout ce qui importe à ta mère et à moi. Es-tu heureuse ? s'enquit-il en l'étudiant attentivement.

— Oui, je suis heureuse, très heureuse, se pressa-t-elle de répondre pour le rassurer.

— C'est la seule chose qui compte.

Ils pénétrèrent ensemble dans la pièce. Jessie, les yeux brillants de plaisir, était ravie du rapide consentement de son père sur le choix de son mari. Le monde dans lequel Trevor vivait était si différent du sien... John aurait pu hésiter à l'accepter d'emblée, avant d'avoir eu l'occasion de le connaître davantage. Toute l'attention de la jeune femme était concentrée sur son futur époux qui lui souriait tendrement, si bien qu'elle ne remarqua pas le regard inquiet de sa mère.

— As-tu parlé à Gabe ? Reste-t-il pour dîner ? interrogea-t-elle immédiatement.

— Oui, il reste. Nous l'avons persuadé, répondit John.

— A-t-il un problème ? insista-t-elle.

Trevor, debout près de sa fiancée, lui glissa à l'oreille :

— As-tu utilisé le fameux sourire Starr pour qu'il change d'avis aussi vite ?

— En effet... et une invitation personnelle de toi et moi, murmura-t-elle.

— Gabe a passé une dure journée, répliqua John. Il ne veut pas ternir la joie de Jessie avec son amertume.

— Où est-il ?

Caroline jeta un coup d'œil vers la cuisine.

— Dans le cabinet de toilette, répondit Jessie. Il n'en a pas pour longtemps.

— Bon, je vais chercher les plats, décida-t-elle.

Trevor se regarda dans le miroir en face de lui. La glace ovale encadrée de bois sculpté était un meuble de famille apporté par le premier des Starr venu s'installer au Kansas, et donc destiné à trôner dans le salon pendant encore quelques générations.

— J'aurais peut-être dû changer de chemise, observa-t-il.

— Non, c'est inutile, répliqua Jessie.

John observa son futur gendre d'un air ironique. La jeune femme avait eu beau expliquer à son fiancé que ses parents n'y prêtaient pas attention, l'habitude était trop forte.

— Nous avons rarement l'occasion de porter un costume et une cravate par ici, sauf pour aller à l'église le dimanche, intervint le père.

— A New York, on est beaucoup plus convention-nel, affirma l'intéressé avec une moue d'insatisfaction.

Mais était-ce vraiment aussi conventionnel à New York ? se demanda Jessie. Elle aurait pu lui citer un bon nombre d'excellents restaurants et de boîtes de nuit où on pouvait se rendre habillé à sa guise, et certains milieux où les gens attachaient peu d'importance à l'élégance vestimentaire. Mais elle se tut. De toute façon, Trevor ne fréquentait ni ces lieux, ni ces personnes.

Quelques instants plus tard, sa mère les pria de passer dans la salle à manger. Les parents s'installèrent aux deux extrémités de la table, Jessie et Trevor côte à côte faisaient face à Gabe. Etant donné le nombre impair des convives, la disposition était mal aisée, mais il ne se présentait pas d'autre alternative.

— Depuis combien de temps vous connaissez-vous ? demanda Caroline en passant la crème fraîche et les pommes de terre. Jessie nous a parlé de vous dans ses lettres et au téléphone, mais...

— Depuis deux ans.

— Tant que ça ? souffla-t-elle, surprise.

— J'ai eu droit à une cour prolongée, avoua la jeune femme en riant.

Mais en levant la tête, elle rencontra incidemment une paire d'yeux perçants. Son rire s'étrangla dans sa gorge mais elle réussit cependant à garder le sourire.

— Elle était totalement insaisissable, ajouta Trevor.

— Et lui très opiniâtre, rétorqua-t-elle gentiment, le regard pétillant.

— Je regrette beaucoup de ne pas vous avoir rencontrés à New York, quand vous êtes venus rendre visite à votre fille. Mais à chaque fois, j'ai eu un empêchement.

— Nous ne nous doutions de rien, c'est pourquoi nous sommes encore abasourdis, confia John en découpant la viande.

— Comptez-vous rester longtemps ? demanda Caroline, en ajoutant très vite : j'espère que vous ne partirez pas tout de suite !

— Malheureusement dès lundi... commença Trevor.

Gabe termina sa phrase :

— Jessie passera deux semaines au ranch.

Son ton exprimait une légère réprobation, comme si c'était un effort de sa part de s'attarder si longtemps chez ses parents... Mais la jeune femme fut la seule à remarquer le sarcasme.

— Deux semaines. C'est merveilleux ! s'écria sa mère. Nous aurons tout le loisir d'organiser le mariage. As-tu déjà fixé une date ?

— Non pas encore.

— Il faut se marier bientôt. Nous ne voulons pas de longues fiançailles, affirma Trevor.

— Tu feras une magnifique épouse de juin, déclara sa mère en passant le plat de viande à Gabe. Il ne reste donc plus que deux mois pour faire imprimer les cartons d'invitations, et réserver l'église. Il faudra en parler au plus tôt au révérend Payton.

Elle continuait à énumérer les principaux préparatifs, lorsqu'elle s'aperçut qu'elle n'avait encore consulté sa fille sur rien.

— Tu as bien l'intention de te marier religieusement, n'est-ce pas ?

— Oui, répondit Jessie en lançant un coup d'œil inquiet vers son fiancé.

Sa mère observa tour à tour sa fille et son futur gendre.

— Vous comptez vous marier ici dans le Kansas, je pense ?

— En fait, nous avions décidé que les noces auraient lieu à New York, avoua la jeune femme.

— Mais toute la famille et nos amis sont ici, protesta Caroline Starr.

— Allons, allons, dit John pour apaiser sa femme. C'est *leur* mariage. En outre, rappelle-toi que tous leurs amis et la famille de Trevor sont à New York.

— C'est vrai, concéda-t-elle. Mais j'ai toujours imaginé Jessie en train de remonter la nef de l'église où elle a été baptisée. Et puis il y a tant de problèmes à régler : les fleurs, le gâteau, les essayages de la robe, la réception, la musique pendant la cérémonie. Comment vas-tu trouver le temps d'organiser tout cela avec ton travail ?

— Une entreprise spécialisée peut s'en charger, affirma Trevor. Ils s'occupent de tout jusqu'au moindre détail.

— Mais c'est tellement impersonnel ! s'exclama-t-elle avec une franchise sans détour.

Jessie partageait l'opinion de sa mère. Cependant, dans les circonstances présentes, son fiancé avait raison en préconisant la solution la plus logique.

— Ce sont les petites choses qui provoquent tout le piquant d'un grand mariage : les verres à champagne, les cartons avec des fautes d'impression, le choix des petits fours pour la réception. La cérémonie en elle-même fait retomber toute la tension des semaines précédentes, poursuivit Caroline.

— J'ai enfin compris après toutes ces années ce que tu as éprouvé le jour de nos noces ! railla John gentiment.

— Oh, ce n'est pas ce que je veux dire, tu le sais très bien, répliqua sa femme.

— En effet. Cela signifie que nous déménagerons à New York pour qu'elle puisse se charger de toute l'organisation, expliqua John à la cantonade.

Le ton était taquin, mais la proposition sérieuse.

— Quelle merveilleuse idée, maman, s'écria Jessie en riant. Cet arrangement me permettra de réaliser des économies sur les appels téléphoniques au Kansas.

— C'est possible, n'est-ce pas, John ? Gabe peut s'occuper des affaires ici, ajouta sa mère avec enthousiasme.

La jeune femme lança un regard interrogateur vers le régisseur, mais il gardait les yeux rivés sur son assiette, un muscle de sa mâchoire se contracta.

— C'est vrai, Caroline. Je veillerai au ranch, assura-t-il.

— Donc c'est décidé, annonça-t-elle radieuse. Quand tu rentreras à New York, tu chercheras tout de suite un petit appartement pour ton père et moi : nous le louerons juste quelques mois.

— Vous n'en aurez pas besoin. Vickie, ma camarade, me quitte à la fin du mois. Son entreprise est transférée en Californie. Vous n'aurez qu'à vous installer dans sa chambre à coucher.

« Tout marche si bien, pensa-t-elle, presque trop bien... »

— C'est parfait, conclut sa mère. Il faudra dresser la liste des invités ensemble, pendant ton séjour, ma chérie.

— Mais n'est-ce pas un peu tôt ? interrogea son père.

— Il vaut mieux s'en occuper trop tôt que trop tard. Avez-vous déjà prévu où vous habiterez, une fois mariés ?

— Oui, répondit Jessie. L'appartement de Trevor se trouve au cœur de la ville, en outre il est magnifiquement décoré et beaucoup plus spacieux que le mien. Tu verras.

— Tu es déjà allée chez lui ?

Caroline Starr eut l'air vaguement scandalisé à l'idée de sa fille se rendant chez un homme.

— Oui, maman, répliqua-t-elle.

— Excusez-moi, intervint Gabe en se levant. Il n'y a plus d'eau.

— Je vais en chercher, offrit Caroline.

— Non, c'est déjà fait, reprit-il à mi-chemin vers la cuisine.

Ce départ soudain jeta un froid et rompit le cours de la conversation pendant quelques secondes.

— Tu ne préfères pas une maison à un appartement, Jessie ? demanda enfin sa mère. Avec une pelouse, des arbres, un jardin même ?

— Evidemment, cela me plairait davantage. Mais

48

cela n'existe pas en plein centre de Manhattan, expli-qua-t-elle patiemment. Un appartement est beaucoup plus pratique. Tu comprendras quand tu visiteras celui de Trevor.

— Mais il n'y a pas de villas à New York ?

— Si, bien sûr. Mais surtout en banlieue. Ce serait beaucoup trop compliqué pour nous. Notre logement doit être central.

— Mais faut-il vraiment que ce soit au centre de New York ! insista sa mère avec une grimace.

— J'y vis depuis six ans… A t'écouter on croirait que c'est le dépotoir de l'univers ! C'est une ville exaltante et trépidante.

— Mais tellement surpeuplée et congestionnée. Une vraie forêt de béton. Je croyais que la nature te manquerait. Toi qui aimais tant les grands espaces.

— Je les aime toujours, lui assura Jessie. D'ailleurs je pratique l'équitation plusieurs fois par semaine, je vais souvent à la plage les week-ends, et je cours dans Central Park.

— Tu ne devrais pas, c'est dangereux ! coupa Caro-line, en fronçant les sourcils avec réprobation.

— Non, je t'assure. Il suffit d'être raisonnable.

Elle eut du mal à ne pas sourire devant l'inquiétude naïve de sa mère.

Toutefois ses yeux bleus brillèrent d'amusement en croisant le regard sombre de Gabe qui revenait dans la salle à manger avec la carafe en cristal remplie d'eau. Soudain elle eut le souffle coupé, son cœur battit plus fort… Le charme se brisa quand il s'assit à sa place.

— A mon avis, reprenait Trevor, elle risque beau-coup plus de se blesser à cheval qu'en traversant Central Park avec ses amis. J'ai essayé plusieurs fois de la convaincre de vendre l'animal, mais elle refuse toujours.

— Où montes-tu ? demanda John.

— Sûrement pas au milieu de la circulation, plaisanta Caroline.

— Il existe des allées cavalières prévues à cet effet. Vous voyez, je suis bien restée la petite fille de la campagne, chère à votre cœur.

— On ne le dirait vraiment pas quand elle se trouve à New York, déclara Trevor. Elle est élégante et raffinée, la distinction même.

— Une vie entière dans cette ville ne suffirait pas à lui faire oublier ses véritables origines, intervint Gabe en la parcourant de son œil perçant.

Elle n'apprécia pas tellement cette réflexion : il voyait si clair en elle...

— Son vrai pays est le Kansas, conclut-il.

— Vous avez peut-être raison, admit son fiancé, visiblement décidé à préserver l'harmonie autour de la table.

Il y eut un trou dans la conversation, finalement interrompu par un soupir de Caroline :

— Mon Dieu, je n'arrive pas à me persuader que ma petite fille va bientôt se marier. Je commençais à penser que cela ne se produirait jamais. Tout s'est passé si vite... Je ne parviens pas à y croire.

— Pas si vite que cela, reprit Jessie gaiement. Je connais Trevor depuis deux ans...

— C'est vrai, tu en as parlé dans tes lettres mais sans préciser à quel point vos relations étaient sérieuses.

Sa mère prit le plat de pommes de terre et le passa à Gabe.

— Je fais connaissance lentement mais en profondeur, expliqua Trevor. Lorsque j'ai demandé à Jessie de m'épouser, je voulais être sûr qu'elle n'aurait aucun doute en acceptant.

— Tu te rends compte, John, continua Caroline rayonnante, nous allons enfin avoir des petits-enfants !

Elle enveloppa Trevor et Jessie d'un regard affectueux.

— J'espère que vous n'allez pas, comme les jeunes couples modernes, attendre des années avant d'avoir votre premier bébé ?

Jessie hésita. C'était un des rares points sur lesquels ils n'avaient pas encore discuté. Elle ignorait complètement les projets de son fiancé sur la question.

— Il vaudrait mieux commencer par nous marier avant de penser à fonder une famille, répliqua-t-il en riant.

Il évita ainsi une réponse directe et la jeune femme n'en sut pas plus long que les autres.

— Tu devrais changer de sujet, Caroline, suggéra John Starr. Sinon tu finiras par poser des questions embarrassantes pour tout le monde.

— D'accord. Mais je n'ai jamais caché à Jessie mon grand désir d'être grand-mère.

— Veuillez m'excuser, interrompit Gabe en se levant à nouveau. Je dois revoir la comptabilité.

— Et le dessert ? s'enquit Caroline, surprise.

— Pas ce soir, merci.

D'un regard il enveloppa tous les convives.

— Bonsoir, lança-t-il d'un ton maussade.

Jessie frissonna en remarquant la colère dans ses yeux quand ils se posèrent sur elle. Elle n'avait pourtant rien dit ni rien fait pour le contrarier.

La porte à peine refermée, Caroline déclara :

— Gabe travaille trop, John.

— Pas du tout, il est simplement très consciencieux, répliqua son père en se renversant sur sa chaise. Il me semble avoir entendu parler de dessert.

4

Après le dîner, Jessie et Trevor sortirent se promener, main dans la main, le long de l'allée sillonnée d'ornières. Il faisait froid. La jeune femme ne pouvait détacher ses yeux du ciel constellé d'étoiles.

— Regarde où tu marches, conseilla-t-il sèchement, une pointe de reproche dans la voix. Le terrain est accidenté.

— Si je trébuche, tu me rattraperas, n'est-ce pas ? demanda-t-elle gracieusement.

— Je veux passer le reste de ma vie à te rattraper, lui répondit-il avec passion.

Soudain Trevor leva les bras pour se protéger d'un objet noir qui fonçait sur eux.

— Qu'est-ce que c'est ? Une chauve-souris ? s'écria-t-il avec colère.

— Probablement un oiseau, répondit-elle en pouffant.

Elle le vit s'envoler dans la nuit. Trevor s'arrêta et l'attira vers lui.

— Tu me trouves ridicule, n'est-ce pas ?

— Tu est un citadin très séduisant.

— Et très amoureux de toi.

Il s'empara de sa bouche et l'emprisonna dans un baiser langoureux. Elle se serra contre lui, éprouvant une chaude sensation de bien-être. Cependant, des pensées la préoccupaient. Elle souhaita en avoir le cœur net :

— Désires-tu avoir bientôt des enfants, Trevor ?

Ils se remirent à marcher côte à côte, tendrement enlacés. L'obscurité empêchait Jessie de lire l'expression sur le visage de son fiancé.

— Il faudra attendre un moment avant d'y songer : n'oublie pas les conséquences sur ta carrière...

— Quelles conséquences ! s'enquit-elle, irritée par cette réponse.

— Je n'ai pas souvenir de photos de femmes enceintes sur la couverture des magazines de mode, railla-t-il.

— Il y a aussi les portraits.

— Il serait peu judicieux de limiter ainsi tes contrats, juste au moment où tu es au faîte du succès. Ta gloire tiendra six ans au plus, après nous pourrons l'envisager. A présent ce serait du gâchis pur et simple.

— Mais à cette époque-là, j'aurai atteint la trentaine !

Il était un peu tard pour commencer à fonder une famille à cet âge-là, selon elle...

— C'est vrai, admit-il.

Jessie s'efforça d'examiner ses traits. Une peur insidieuse l'envahit. Les yeux fixés droit devant lui, il ne la regardait pas.

— Désires-tu oui ou non des enfants ? interrogea-t-elle d'une voix dangereusement calme.

Il hésita.

— Evidemment j'aimerais avoir un fils, conclut-il d'un ton peu enthousiaste.

Cette réponse manquait de spontanéité, Jessie en eut froid au cœur. Trevor frissonna et déclara :

— Il se met à faire frais ici. Rentrons.

— Oui. Je suis fatiguée, admit-elle avec lassitude.

Le lendemain matin, Jessie, vêtue d'un vieux jean et d'un chandail également usé, descendit les escaliers sur la pointe des pieds. Elle ne souhaitait pas réveiller Trevor, il n'était que six heures. Elle avait l'habitude de se lever tôt, pas lui. Dehors les oiseaux chantaient et le soleil matinal commençait à réchauffer l'atmosphère.

Elle entra dans la cuisine, les mains dans les poches, en sifflotant un de ses airs favoris. Un joli foulard en soie bleu et jaune flottait dans ses cheveux.

Ses parents bien sûr étaient là, installés devant la table du petit déjeuner. Ils la regardèrent avec un étonnement qui se mua vite en sourire.

— Bonjour, leur lança-t-elle.

— Bonjour, ma chérie, répondirent-ils à l'unisson.

— Tu es bien matinale, commenta sa mère.

— Je l'ai toujours été, répliqua la jeune femme en se dirigeant vers le réfrigérateur.

— Nous venons juste de terminer. Veux-tu que je te prépare quelque chose ?

— Non, merci, maman. Je ne prendrai que du jus d'orange.

Elle s'empara de la carafe et d'un verre dans l'armoire. En le remplissant, elle se rendit compte à quel point il était réconfortant de retrouver les choses à la même place que six ans auparavant.

— Mange aussi quelques toasts, suggéra Caroline.

Jessie se mit à rire. Rien n'avait donc changé. Sa mère insistait toujours pour qu'elle déjeune le matin.

— Non merci, je t'assure.

Elle adressa un clin d'œil à son père.

— Il faut que je surveille ma ligne.

— Je croyais que c'était désormais le domaine de Trevor, remarqua-t-il sèchement.

— Pas encore !

— Est-il réveillé ? Descend-il bientôt ?

— Il est encore au lit, répliqua-t-elle.

Puis elle ajouta d'un ton moqueur :

— C'est un citadin qui a l'habitude de se lever plus tard que nous.

— J'ai vu de la lumière sous sa porte vers minuit, déclara son père.

— Il devait être en train de lire.

Jessie haussa les épaules avec l'air de ne pas y attacher d'importance. Elle regarda par la fenêtre de la cuisine.

— Quelle belle matinée !

— Oui, il semble que nous aurons une chaude journée de printemps, conclut son père.

— Je vais me promener, déclara-t-elle en posant son verre vide sur l'évier. A tout à l'heure.

Elle leur adressa un signe affectueux avant de sortir et longer l'allée tracée dans la pelouse. Elle se dirigea vers les écuries. Il faisait froid, mais le ciel était d'une pureté prometteuse. Heureusement, son pull-over l'empêchait de frissonner. En mettant ses mains dans ses poches pour les réchauffer, elle humait les senteurs du foin mélangées à l'air frais et pur. La première étable était ouverte.

Elle entendit les chevaux manger bruyamment, souffler la poussière de leurs naseaux fumants et racler les coins de leurs mangeoires pour recueillir les derniers grains. Cela paraissait invraisemblable, mais elle aimait leur odeur forte, plus que n'importe quel parfum. Trevor n'était pas de son avis, bien sûr. Elle veillait toujours à s'en débarrasser si elle montait et voyait son fiancé le même jour.

Des seaux en métal se heurtèrent. Le bruit provenait du réservoir contenant la nourriture des animaux. Jessie s'arrêta pour y jeter un coup d'œil. La porte du silo se referma derrière elle.

En se tournant, elle vit un homme avancer vers elle,

dans la tenue grossière des cow-boys, les jambes légèrement arquées. Il hésita en passant devant elle, la salua discrètement, et continua son chemin.

— Bonjour mademoiselle.

— Bonjour, répondit-elle sans le reconnaître.

Sans doute était-il nouveau, pensa-t-elle. Il détourna les yeux, Jessie lui sourit. Elle avait oublié l'extrême timidité de certains hommes de l'Ouest. Il l'avait reconnue tout de suite, mais ne s'était pas présenté pour ne pas la déranger.

Une botte de foin s'écrasa sur le sol de l'écurie juste devant elle, dans un grand nuage de poussière et de fétus de paille. La jeune femme se mit à tousser.

Puis en regardant en l'air, elle vit Gabe dans le grenier. Il portait une veste en daim doublée de mouton, des gants en cuir protégeaient ses mains. Des brindilles restaient accrochées sur son pantalon. Il affichait une allure rude, saine et détendue.

Pourtant elle était agacée. Il avait lancé la meule de foin sans vérifier si quelqu'un se trouvait en dessous.

— Bonjour, lança-t-elle brutalement sur un ton de défi.

— Tu es tombée du lit ce matin.

Il leva son chapeau, puis le rabaissa sur ses yeux.

— Toi aussi ! Maman et papa m'ont déjà adressé cette remarque. Je me suis toujours levée à l'aube.

— Ah bon ? Mais tu es partie depuis six ans. Nous avons oublié, tu sais.!

Le sarcasme l'atteignit cruellement, mais elle n'eut pas le temps de répliquer, il s'était déjà détourné.

— Tu ferais mieux de te déplacer, d'autres bottes de foin vont descendre.

— Tu aurais pu me prévenir tout à l'heure, rétorqua-t-elle en s'approchant de la porte.

— Je t'avais vue.

— Pourquoi ne m'avoir rien dit, alors !

— Quoi, par exemple ?

Il apparut brièvement pour jeter une botte et disparaître sous les toits.

— Bonjour. C'est une pratique courante chez les gens bien élevés...

— Bonjour, s'exécuta Gabe en revenant avec une troisième botte, qui rejoignit les autres.

Puis il sauta du grenier et retomba sur ses pieds avec l'agilité d'un chat. Jessie secoua la tête, exaspérée par son agressivité.

— Veux-tu me donner un coup de main ?

Sans attendre la réponse, il ramassa la botte la plus proche et se dirigea vers les mangeoires.

La jeune femme hésita un instant, puis se baissa pour en attraper une autre par la ficelle. Elle se blessa les doigts sans réussir à la soulever.

— Ça pèse une tonne ! gémit-elle en la lâchant.

— Pas plus de quarante kilos. Tu as perdu la forme.

Il portait la sienne sans déployer le moindre effort.

— Pas plus de quarante kilos, répéta-t-elle ironiquement.

— Peut-être moins, répliqua-t-il en haussant les épaules.

Dans les stalles, une des montures allongea le cou en piaffant d'impatience.

— Ça vient.

Il posa la botte par terre, et coupa vivement la corde.

— Mets-en dans les auges. J'apporterai le reste.

Jessie remplit la première. Un cheval bai y plongea le museau avec avidité.

— Est-ce un nouveau, l'homme que j'ai vu sortir ?

— C'est Ted Higgins, répondit Gabe en apportant le deuxième tas. Il n'est pas vraiment nouveau. Il travaille ici depuis quatre ans. Il a loué la maison du vieux Digby. Hier il est resté en ville parce que sa femme est à l'hôpital.

— C'est grave ? s'enquit Jessie en se tournant.

Elle se retrouva en face de Gabe qui la dévisageait d'un regard sombre et froid.

— Que t'importe ? Tu n'es là que pour deux semaines.

Elle éprouva la sensation d'avoir été giflée.

— Va au diable, Gabe Stockman ! cria-t-elle, tremblante de rage. Je te le demande parce que les gens m'importent justement !

— On ne le dirait vraiment pas, continua-t-il en ramassant la dernière botte.

Jessie lui barra le passage.

— Que signifie cette allusion ?

— Tu te pavanes depuis six ans à New York avec tes belles robes et tes bijoux précieux sans prendre le temps de te demander si nous existons. Puis tu as enfin accepté de nous rendre visite, et nous devrions t'accueillir à genoux, heureux et reconnaissants que tu daignes nous honorer de ta présence pendant quinze jours.

Quand il voulut la contourner, elle l'arrêta en attrapant son bras.

— Je n'ai pas pu revenir plus tôt. Je travaillais.

— Mais bien sûr, acquiesça-t-il d'un ton mordant.

— Je travaillais ! répéta-t-elle, indignée.

— Un travail très difficile ! Tu te fais photographier...

— Cela paraît facile, n'est-ce pas ? Tu devrais essayer. Te lever à l'aube, te précipiter dans un studio, t'asseoir sur une chaise pendant deux heures pour une séance de maquillage et de coiffure. Puis poser devant des spots aveuglants dans une pièce surchauffée en souriant jusqu'à ce que les muscles de la mâchoire te fassent hurler de douleur. Généralement le maquilleur se trouve dans les parages et pique une crise d'hystérie

58

parce que tu transpires sur sa merveilleuse création. Oh, je n'arrête pas de m'amuser, Gabe !

— C'est ce dont je m'aperçois, commenta-t-il avec un peu plus de douceur dans la voix.

— Ce n'est pas terminé, poursuivit-elle toujours écumante. On doit veiller à son alimentation, à son teint, à ses heures de sommeil, aux cernes sous les yeux, aux coups de soleil. C'est une profession fascinante quand on ne l'exerce pas. Pour rester au sommet, il faut se battre sur chaque contrat, comme je l'ai fait depuis le début !

Le ton de sa voix traduisait la lassitude et le désenchantement.

Gabe sentit que le gros de la tempête s'était apaisé.

— Je t'avais pourtant prévenue il y a six ans, que ce style de vie ne te plairait pas. Tu n'en as pas tenu compte...

Il distribua le foin dans les mangeoires tout en parlant.

— Voilà où tu voulais en venir ! s'écria-t-elle. Tu cherchais une occasion pour que je te l'avoue, n'est-ce pas ? Tu oublies un détail. Quand tu t'efforçais de me décourager, tu semblais persuadé que j'échouerais. Eh bien j'ai réussi : je suis la première, la meilleure dans le métier !

Elle ne se vantait pas, elle énonçait une évidence.

— Et alors ? interrogea-t-il en coupant la ficelle d'une autre botte. C'est pour cette raison que tu continues tout de même, malgré ta déception ?

— En partie, admit-elle. Tu étais tellement sûr de mon échec. J'ai désiré prouver coûte que coûte que tu te trompais.

— Bon d'accord. Tu as gagné sur ce point-là, consentit-il en se redressant pour la dévisager intensément. Mais je ne comprends pas pourquoi tu t'entêtes à vouloir continuer après ton mariage ?

Jessie hésita un instant sur la réponse.

— Je n'en ai plus pour très longtemps. Dès trente ans, ce sera fini. J'en ai discuté avec Trevor, nous avons décidé qu'il était plus logique de poursuivre jusqu'au bout ma carrière.

— C'est ta décision ou celle de Trevor ? s'enquit-il en levant un sourcil interrogateur.

— C'est la nôtre, rétorqua-t-elle. Que pourrais-je entreprendre d'autre d'ailleurs ?

— Etre une épouse et une mère.

— Mon Dieu, comme tu es vieux jeu, Gabe, ajouta-t-elle en riant.

— Vraiment ? Pourtant, me semble-t-il, les féministes revendiquent la liberté de choisir entre une profession ou la maison, sans pour autant être montrées du doigt...

Il ramassa une fourchée de foin et remplit à nouveau les auges.

— A propos, où est ton soupirant ce matin ? demanda-t-il d'un ton volontairement sarcastique.

Jessie respira profondément et compta jusqu'à dix avant de lui répondre.

— Je t'informe qu'il dort encore. Il se couche rarement avant minuit, il récupère donc le matin.

Elle se surprit avec irritation à défendre les habitudes de son fiancé, à cause du regard ironique de Gabe.

— Vous allez former un drôle de couple, siffla-t-il.

Tous les chevaux mâchaient consciencieusement leur avoine. Il enleva ses gants et sortit de l'étable.

— Ce qui signifie ? cria-t-elle en le suivant mécaniquement.

— Tu te lèves à l'aube, il se lève tard. Il veille le soir et toi tu te couches tôt. Je pense que vous risquez de ne vous rencontrer qu'au dîner.

La jeune femme se rendit compte de n'avoir jamais considéré leurs différents modes de vie comme un obstacle à leur union. Elle se sentit troublée, mais ne laissa rien paraître.

— Je suis sûre que nous arriverons à nous organiser.

En fait elle était la première à se demander comment ils y parviendraient.

— Un mariage sur rendez-vous ? Sept heures : dîner. Huit heures : devoir conjugal. Neuf heures : la femme s'endort, le mari quitte la chambre à coucher.

Evidemment, exprimée en ces termes, la perspective ne semblait pas très réjouissante. En outre elle était agacée de ne pas avoir réfléchi à ce problème plus tôt, car elle aurait pu damer le pion à Gabe.

— Pourquoi Trevor te déplaît-il tant ? demanda-t-elle impatiemment.

Puis comme il s'éloignait, elle continua durement :

— Où vas-tu ?

— J'ai garé la camionnette près de l'étang, répondit-il sans ralentir.

— Je ne sais pas pourquoi je te pose cette question, grommela-t-elle en pressant le pas pour le suivre. Tu as toujours critiqué mes amoureux.

— Qu'importe que je l'aime ou non, ce n'est pas moi qui l'épouse, observa-t-il.

— Cela n'a aucune importance, conclut-elle en proie à une tension nerveuse extrême.

5

— Il y a peu de fond, observa-t-elle en examinant l'étang.

Elle se tenait sur la butte qui dominait un bassin artificiel de récupération des eaux. Un barrage en terre, aménagé en travers d'une dépression naturelle servait à canaliser pour le bétail les neiges fondantes et les averses printanières en prévision de l'été long et chaud. Un rempart de boue entourait la pièce d'eau où s'ébattaient quelques canards.

— Le vent a balayé le peu de neige tombée cet hiver. Jusqu'à présent il a plu juste assez pour que le terrain reste humide. Mais encore une semaine de ce régime-là, et tout deviendra sec comme un coup de trique. Même le niveau du Cimarron est bas.

Jessie se rappela les commentaires de son père à ce sujet. Elle était une fille de fermier et connaissait les conséquences d'une sécheresse prolongée. Le vent bruissait dans l'herbe cassante. Gabe enleva son chapeau et passa nerveusement une main dans son épaisse chevelure noire. Il se tourna pour scruter le ciel au sud. Sans doute espérait-il apercevoir les gros nuages gris venus de l'océan, porteurs de la pluie bénéfique.

Mais à l'horizon, rien n'altérait la pureté du ciel

serein. Il plissa les yeux en regardant vers le soleil. Puis en soupirant, il remit son chapeau à larges bords.

— Il faut que j'y aille, déclara-t-il enfin. Les pâturages sont desséchés. Nous déplaçons encore les bêtes aujourd'hui, jusqu'à la rivière.

Il sourit ironiquement.

— Les hommes m'attendent, et comme toujours c'est toi qui me retardes.

— C'est vrai, reprit Jessie en lui rendant son sourire. Tu me le répétais souvent. Si je voulais te parler, je devais le faire pendant ton travail et même t'aider.

— Tu étais plus en forme à cette époque-là. Tu pouvais aisément porter une botte de quarante kilos !

Il paraissait radouci. Et soudain tout sembla de nouveau comme autrefois. Jessie, radieuse, oublia l'amère dispute qui les avait opposés quelques minutes auparavant.

— C'est bon d'être de nouveau à la maison, de respirer l'air pur, de contempler un ciel sans limites au-dessus de sa tête. Je n'ai pas besoin de me soucier de mon apparence, de mettre du fond de teint. Je peux monter à cheval autant et aussi loin que je le désire. J'aimerais bien déplacer le bétail avec toi, déclara-t-elle avec une lueur de malice au fond de ses yeux bleus.

— Pourquoi ne viens-tu pas ? murmura-t-il d'un ton persuasif.

Jessie jeta un coup d'œil vers la maison.

— J'avais oublié… Tu veux attendre le réveil de ton soupirant, signifia-t-il ironiquement.

Elle se tourna vers lui sans prendre ombrage de sa remarque. Elle se rappela les observations de Trevor sur lui, et le regarda sous un autre jour.

Il était grand, fort, viril. Il examinait les femmes avec une sensualité qui devait toutes les attirer, pensa-t-elle, troublée. Elle eut alors envie d'en apprendre plus sur sa vie privée.

— Pourquoi ne t'es-tu jamais marié, Gabe ? N'y as-tu jamais pensé ? demanda-t-elle en le dévisageant.

— Si, j'y ai pensé une fois très sérieusement, avoua-t-il.

Cependant son expression se ferma brusquement.

— Et alors, que s'est-il passé ?

— Ça n'a pas marché.

Ce fut tout ce qu'elle réussit à obtenir. Elle voulut réclamer des détails mais les cris d'un canard détournèrent son attention. Un mâle, toutes ailes déployées, faisait la cour à une cane qui venait de quitter l'étang. La femelle résistait aux avances de celui-ci qui supporta cette situation quelques instants, puis se mit à la poursuivre sur l'herbe. Sa partenaire chercha immédiatement à lui échapper. Ils continuèrent ce petit jeu avant de disparaître derrière une mangeoire en bois. La jeune femme vit le mâle saisir dans son bec le col de la cane. Elle n'était nullement gênée par le rituel qui présidait à l'accouplement des animaux. Ces manifestations étaient nécessaires à la vie d'un ranch, à toute vie.

Gabe observait aussi cette scène.

— Tu es rentrée juste à la saison des amours, remarqua-t-il avec un air entendu qui précipita anormalement le rythme du pouls de Jessie.

— C'est vrai, concéda-t-elle avec un demi-sourire.

Elle refusait de faire semblant de nier les choses de la nature.

— Je me demande…

Le regard de Gabe s'assombrit tout en brillant d'une lueur inaccoutumée, sa voix grave s'enroua.

— Je me demande si Trevor t'a déjà saisie… comme ceci.

Avant qu'elle ait pu reculer, il avait emprisonné sa taille dans une poigne de fer. Abasourdie, Jessie essaya de se dégager en repoussant la poitrine puissante de Gabe, mais aucun son ne s'échappa de sa gorge nouée.

— Attirée dans ses bras… continua-t-il du même ton… comme ceci.

Il vainquit la résistance de la jeune femme sans le moindre effort. Elle rejeta la tête en arrière pour le regarder, muette d'étonnement. Elle sentit des ondes la transpercer en voyant la moustache noire se rapprocher de sa bouche.

— Et embrassée…

Il n'ajouta rien. Ses lèvres saisirent les siennes dans un baiser dévoilant son désir de possession. Le contact de la veste en daim contre la peau de Jessie réveilla en elle des sensations nouvelles.

L'étreinte rude et brutale de l'homme manquait de l'habileté, de la maestria dont Trevor faisait preuve, mais elle ressentit le besoin de répondre à cette sensualité primitive et naturelle.

Jessie frissonna violemment en s'apercevant de la force de cette attirance, de la flamme qui se propageait dans tout son corps. Elle qui appartiendrait bientôt à un autre homme…

Il la relâcha doucement, puis releva la tête. Son haleine chaude caressait le cou de la jeune femme. Il ouvrit lentement ses yeux voilés pour examiner les traits de Jessie. Soudain le visage du régisseur se durcit, les muscles de ses bras se détendirent en la libérant. Elle ne reposait plus contre lui.

Effarée par sa propre réaction, elle passa une main sur ses lèvres, comme si en les touchant, elle arriverait à comprendre. Il prit ce geste pour un désir d'effacer la trace du baiser et fronça les sourcils.

— Pourquoi as-tu fait cela, Gabe ?

Elle avait déjà éprouvé de la passion auparavant, mais cette étreinte éveillait des émotions plus profondes encore que les autres.

Un rayon de soleil fit briller de mille feux le diamant qu'elle portait au doigt. Gabe se renfrogna.

— Comment diable veux-tu que je le sache? marmonna-t-il d'une voix rauque. Mais j'aurais dû le faire il y a six ans.

Sur ce dernier commentaire, il pivota sur ses talons et se dirigea à grands pas vers la camionnette, laissant Jessie désemparée devant cette réponse mystérieuse. Elle esquissa un geste pour le rappeler, le prier de s'expliquer, puis elle vit la bague de fiançailles sur sa main gauche, et ne voulut plus rien savoir. Elle craignait trop de comprendre.

Non, elle ne devait surtout rien lui demander, se dit-elle en entendant le moteur du véhicule pétarader. Le plus sage était de tout oublier. Elle était fiancée à Trevor, voilà la seule chose qui comptait. Elle ne pouvait cependant cesser de trembler de tous ses membres. Elle enfouit désespérément ses mains dans ses poches et décida de ne plus y penser.

Elle retourna à la maison au bout d'une heure. Trevor descendait les escaliers quand elle entra. La grosse pendule familiale sonnait neuf heures. Jessie remarqua tout de suite qu'il s'était rasé et avait pris une douche. Il portait un pantalon bleu marine, un col roulé blanc, une veste en tweed bleu et gris avec des pièces en cuir aux coudes.

— Bonjour, déclara-t-elle en souriant. Tu es bien matinal.

— Bonjour, répondit-il en se baissant pour l'embrasser.

Etrangement Jessie lui présenta sa joue au lieu de ses lèvres, mais Trevor ne sembla pas s'en formaliser. Elle s'interrogea tout de même sur la raison de ce geste. Peut-être se sentait-elle coupable? Son fiancé pourrait-il se rendre compte qu'elle avait déjà reçu un baiser?

— Après avoir été bercé pendant des années par les klaxons des automobiles, il a fallu que ce soit le bruit d'un moteur qui me réveille ce matin.

Jessie se rappela le départ bruyant de la camionnette.

— Sais-tu qui c'était? demanda-t-il d'un air indifférent.

— C'était Gabe, avoua-t-elle. Il partait déplacer le bétail vers un autre pâturage.

— Il a probablement fait exprès de me réveiller, observa-t-il d'un air songeur.

— Quoi qu'il en soit, tant mieux, se moqua-t-elle gentiment. Il est grand temps que tu te lèves. J'espère que tu as passé une bonne nuit. Le lit était confortable?

Il l'attira vers lui et croisa les mains derrière le dos de la jeune femme.

— On ne peut rêver mieux, répondit-il en caressant sa joue du bout des lèvres. J'ai réussi à m'endormir, mais seulement après m'être habitué aux croassements des grenouilles et aux hululements des hiboux. La nature fait beaucoup de bruit.

— Tu as entendu son concert nocturne, reprit-elle le visage détendu.

Elle avait retrouvé avec bonheur tous les cris familiers des animaux.

— Il était trop fort pour moi. Il faudrait réclamer, et lui demander de baisser le volume du son, railla-t-il.

Jessie éclata de rire.

— Crois-tu qu'elle prendrait ma requête en considération?

— Non.

Elle regarda son air mi-tendre, mi-sérieux.

— T'ai-je dit ce matin que je t'aimais, Jessie Starr?

— Non, pas encore, répliqua-t-elle en secouant la tête.

Il s'empara de sa bouche en un baiser possessif, gage de son amour. La jeune femme y répondit en refusant toute comparaison...

— Voilà qui m'ouvre l'appétit... assura-t-il.

— Tu n'as pas encore déjeuné, se moqua-t-elle.

Ses mains glissèrent le long de sa taille et de ses hanches.

— Je sais ce dont j'ai envie.

Il la dévisagea, puis son regard s'arrêta sur une tache près de son épaule gauche.

— Qu'as-tu fait ce matin ? Tu t'es roulée dans la paille ? demanda-t-il en retirant une brindille accrochée à son pull-over.

— Non, nia Jessie avec un rire embarrassé. J'étais aux écuries. J'ai aidé Gabe à nourrir les chevaux.

— Voilà l'odeur que je sens sur toi !

— Oui, je rentrais justement me laver, s'empressa-t-elle d'ajouter.

— Profites-en aussi pour te changer. Ce que tu portes ne te convient pas. Mets quelque chose de plus chic.

— D'accord.

Elle voulut lui expliquer qu'à la campagne elle préférait s'habiller simplement, mais il l'interrompit.

— Très bien. Je veux que tu sois belle pour moi.

Jessie hésita l'espace d'un instant avant de lui adresser un signe de tête affirmatif. Elle n'eut pas le cœur de le lui refuser, au fond il n'était pas très exigeant.

— Maman et papa doivent être encore dans la cuisine. Sinon prends du café sur le feu. J'arrive dans quelques minutes, promit-elle en s'élançant dans les escaliers.

Dans sa chambre à coucher, elle se contempla dans la glace. En fait, sa tenue ne lui allait pas si mal. Le pantalon serré révélait sa sveltesse, quant au chandail, il rehaussait harmonieusement ses formes et soulignait sa taille de guêpe. Ils déplaisaient à Trevor parce qu'ils étaient usés et défraîchis.

Elle enfila un ensemble caramel et un chemisier

blanc, qui accentuaient les reflets or de ses cheveux. Puis elle descendit rejoindre son fiancé et ses parents.

Quand elle eut rangé la vaisselle du dîner, Jessie s'assit dans le living-room. Elle se sentait agitée et nerveuse. Sa mère venait juste d'emporter les tasses à café dans la cuisine, Gabe avait disparu, prétextant des comptes à terminer, Trevor et son père restaient silencieux. Elle glissa sa main dans celle de son fiancé.

— Allons dehors marcher un peu, suggéra-t-elle.

— L'air me fera du bien, admit Trevor non sans jeter un coup d'œil vers John.

— Je vous en prie, déclara-t-il avec un geste de la main. Vous n'avez pas besoin de mon autorisation.

Quand ils gagnèrent le hall d'entrée, Jessie entendit sa mère interroger son père dans le salon.

— Où sont-ils partis ?

— Se promener, répondit-il.

— Oh, mais je voulais justement montrer à Jessie... grogna Caroline.

— Ils ont envie d'être un peu seuls, coupa John. As-tu oublié ce que tu ressentais quand tu étais amoureuse et fiancée ?

La jeune femme n'entendit pas la réponse, car Trevor l'entraîna et tira la porte derrière eux. Il passa son bras autour de sa taille, et l'emmena jusqu'au bout du porche.

— Je ne me rendais pas compte que la nuit était aussi noire, remarqua Trevor.

— Parce que tu es habitué aux néons de la ville.

Rien ne brillait autour d'eux excepté un croissant de lune et une lumière provenant de la fenêtre de Gabe. Pas même les étoiles.

Un hibou hulula dans les arbres. Un chœur de grenouilles, modulé par le murmure du vent dans l'herbe, leur parvint de l'étang. De beaucoup plus loin, Jessie perçut les mugissements d'un taureau.

— C'est la saison des amours, rappela-t-elle, frissonnante.

Trevor s'appuya contre l'une des colonnes du porche, et enlaça sa fiancée. Elle se nicha contre sa poitrine chaude, et reposa sa tête sur son épaule.

— En voilà une chose à dire, lui chuchota-t-il à l'oreille. Tes parents peuvent nous entendre.

Ses doigts caressants effleurèrent sous la fine étoffe de son chemisier la douceur satinée de sa peau.

Elle le dévisagea et lui sourit. Il l'embrassa avec une ardeur qui rappela à la jeune femme des souvenirs agréables et amusants, mais sans la bouleverser. Lorsqu'il ouvrit les yeux, il surprit dans l'expression de son visage un air absent.

— Où diable es-tu ? demanda-t-il avec une curiosité un peu irritée.

— Je me souvenais de situations semblables sous ce porche.

— Dans les bras de quelqu'un d'autre ?

— Oui. Puis papa venait allumer la lumière pour me signifier qu'il fallait rentrer. Avec toi au moins, il sait que tes intentions sont honorables.

Elle noua ses bras autour de son cou. Mais il se dégagea.

— J'ai beau être tenté par un long baiser, je n'ai pas la moindre envie de recevoir une douche froide en plein milieu, déclara-t-il fermement.

Elle soupira, à la fois déçue, et soulagée. Elle avait simulé la passion et reprochait maintenant à Trevor de ne pas y répondre ! Elle se serra contre lui, comme si elle voulait se faire pardonner... Mais que se passait-il donc en elle ?

— Maman m'a proposé d'aller à l'église demain

70

matin, commença-t-elle avec un vif désir de changer de sujet.

— Cela fait partie des obligations, je suppose ?

— Oui.

— Alors c'est avec le plus grand plaisir, railla-t-il.

— Je le lui dirai, promit Jessie.

Quelques instants plus tard, elle ajouta :

— J'irai faire un tour à cheval demain après-midi. Veux-tu m'accompagner ?

— Une fois pour toutes, mon amour, étant donné que je n'arrive pas à te convaincre d'abandonner ce genre de sport, n'essaie pas de m'entraîner dans ton sillage !

— D'accord, soupira-t-elle.

— Je me demande vraiment comment tu vas t'y prendre pour ne pas mourir d'ennui pendant deux semaines, déclara-t-il perplexe et totalement sincère. Il n'y a rien ici, on se trouve à des milliers de kilomètres de la civilisation.

— A des milliers de kilomètres de la civilisation ? Jessie éclata de rire. Sachez, Trevor Alexander Martin Junior, que ce ranch possède des canalisations externes, un équipement ménager dernier cri, la télévision, la radio, une chaîne stéréo, une table de billard, une bonne bibliothèque, un jardin, des chevaux, et toute une série de paysages magnifiques. Nous avons tout ce qu'il nous faut ici, et n'avons besoin d' « aller » nulle part ailleurs.

— J'y transporterais tout de même Broadway ou Carnegie Hall, répondit Trevor visiblement indifférent envers ses propos enthousiastes.

La jeune femme chercha des nuages dans le ciel sombre implacablement serein.

— Pourvu qu'il pleuve.

— Mon Dieu ! s'écria-t-il ironiquement. Tu parles maintenant comme ton père et Gabe à table ce soir.

— La situtation risque de devenir très grave, tu sais, ajouta-t-elle avec impatience.

— Mais comment donc, admit-il sarcastiquement. Je ne vois cependant pas en quoi cela nous regarde.

Jessie ravala la réplique mordante prête à jaillir de ses lèvres.

— Non, bien sûr, admit-elle en soupirant.

— Il est grand temps que tu ailles te coucher, dit-il en se redressant. Il te faut toutes tes heures de sommeil pour rester éternellement jeune et belle.

Elle ne se sentait pas fatiguée, mais préférait se retirer plutôt que de continuer à discuter avec lui.

— Nous avons eu une longue journée, conclut-il.

Elle ouvrit la porte d'entrée et lui demanda par-dessus son épaule :

— Tu viens ?

— Pas tout de suite.

— Bonne nuit.

— Bonne nuit, répondit-il.

Le lendemain matin, Jessie se tenait debout dans l'église entre Trevor et Gabe. Tout en chantant les psaumes, elle écoutait la belle voix de baryton de son fiancé qui dominait toutes celles de la congrégation. Une seule lui faisait concurrence, celle d'une femme voûtée dans la rangée juste devant eux. Malheureusement elle chantait faux. Jessie vit tressaillir son compagnon quand elle lâcha une vocalise particulièrement discordante. La jeune femme eut toutes les peines du monde à ne pas sourire.

Quand la dernière note de l'orgue se perdit dans les hauteurs de la nef, l'assemblée se rassit, et Trevor se pencha vers elle pour lui murmurer à l'oreille.

— Il faudrait tout de même demander à cette femme de s'abstenir d'ouvrir la bouche.

— C'est ma tante Maude qui est de surcroît sourde

comme un pot. Elle ne peut déjà pas s'entendre elle-même, à plus forte raison l'orgue !

— La Bible dit de louer le Seigneur par des chants de joie, mais sans exiger la justesse de la mélodie, conclut Gabe sans lever le nez de son livre de prières.

Jessie trouva sa remarque amusante contrairement à Trevor, qui lança un œil noir au régisseur complètement absorbé dans sa lecture. La jeune femme lutta pour ne pas pouffer de rire. Elle jeta un regard à Gabe qui, imperturbable, fixait maintenant la chaire du prédicateur.

Tête nue dans l'église, il semblait détendu et sûr de lui dans sa veste de cow-boy marron. Elle eut du mal à voir en lui l'homme qui l'avait embrassée si sauvagement vingt-quatre heures plus tôt. Depuis il l'ignorait complètement, ou plutôt la traitait comme si rien ne s'était passé.

Soudain Gabe, se sentant observé, se tourna vers elle et arqua un sourcil interrogateur. Jessie reporta vivement son attention sur le service liturgique.

Après la bénédiction, l'église se vida. Jessie connaissait pratiquement tous les participants. Elle était de surcroît la célébrité locale : tout le monde voulait lui parler. Sa mère commençait à répandre la nouvelle de ses fiançailles : il fallait donc présenter Trevor. A un moment, les deux fiancés furent séparés, Caroline s'approcha de sa fille.

— Va donc saluer tante Maude. Elle est là-bas, sur les escaliers.

— Très bien, acquiesça-t-elle. As-tu vu Trevor ?

— Il est en train de discuter avec ton père et Jack Sloane, le banquier.

Jessie le chercha des yeux dans la direction indiquée par sa mère. Trevor l'aperçut et haussa les épaules avec résignation. Il était coincé là-bas pendant encore quelques instants... Elle lui sourit et se fraya un passage dans la foule jusqu'au perron de l'édifice où se tenait une dame âgée, appuyée sur une canne.

— Bonjour tante Maude, cria Jessie en s'arrêtant devant elle.

Elle devait bien avoir quatre-vingts ans. De rares cheveux gris encadraient son visage entièrement ridé.

— Tu te souviens de moi ?

— Que dis-tu ? Parle plus fort, répondit-elle en fronçant les sourcils et présentant sa bonne oreille.

— Je suis Jessie, fit la jeune femme en augmentant le volume de sa voix.

— Bien sûr, c'est toi. Je ne suis pas encore aveugle.

« Elle est bien restée la vieille femme acariâtre et irascible d'autrefois ! » pensa Jessie.

— Comment vas-tu ?

— Quoi ? Qu'as-tu dit ? Il faut vraiment que tu parles plus fort, ma petite. Je n'entends rien de ce que tu racontes.

— Comment vas-tu ? répéta-t-elle.

— Ce n'est pas la peine de crier ! Je vais bien, très bien. Sybil Crane a prétendu que tu allais bientôt te marier, c'est vrai ?

— Oui, admit-elle en hochant vigoureusement la tête pour que sa tante comprenne bien le sens de la réponse.

— Eh bien, où est le jeune homme, l'élu de ton cœur ? Il faut me le présenter.

— Il est debout là-bas, répliqua-t-elle indiquant Trevor du geste.

— Quoi ? Combien de fois faudra-t-il te demander de parler plus fort ? siffla la vieille dame impatientée.

Sa nièce prit une profonde inspiration pour garder son calme et sourire gracieusement. Elle redit la phrase, mais cette fois-ci en la regardant en face.

— Pourquoi ne l'as-tu pas annoncé plus tôt ? Je ne suis pas encore gâteuse. Je sais très bien que Gabe

Stockman travaille chez ton père depuis de nombreuses années.

Gabe Stockman ? Jessie pivota pour le voir s'avancer vers elles, excluant Trevor du champ de vision de sa tante.

— Non, tu ne comprends pas, tante Maude. Ce n'est pas lui mon fiancé, s'empressa-t-elle d'ajouter.

En vain.

— Evidemment il est ton fiancé. Je suis encore lucide, je saisis très bien ce qui se passe. Je n'ai pas perdu la tête, moi. Je n'en suis pas aussi sûre pour toi.

La tante Maude pointa un index accusateur vers sa nièce, prête à hurler d'exaspération.

— Non, il y a une erreur, insista-t-elle en luttant pour ne pas s'énerver.

— Personne ne veut commettre d'erreur quand il s'agit de se marier, déclara sa tante imperturbable.

Jessie eut envie de l'étrangler. Impossible de lui faire comprendre la vérité. Et pour comble, Gabe arrivait à leur hauteur. La vieille dame lui lança un coup d'œil approbateur avant de se tourner à nouveau vers sa nièce.

— Tu ne pouvais mieux choisir. Gabe fera sûrement un excellent mari.

La jeune femme refusa de croiser le regard intrigué et amusé du régisseur.

— Je me tue à essayer de lui expliquer que je vais épouser Trevor et non toi.

Maude Starr vit les lèvres de Jessie bouger et tendit l'oreille avec l'espoir de percevoir quelque chose.

— Que dis-tu ? Si tu ne parles pas plus fort, je ne peux pas entendre ce que tu racontes.

— Je… commença-t-elle.

— Elle s'adressait à moi, Maude, fit Gabe en se penchant vers la vieille dame. Comment allez-vous aujourd'hui ?

— Pas mal, pas mal. Je trouve cette bague de fiançailles trop voyante. Elle est de très mauvais goût, tu devrais la reprendre et lui en offrir une plus petite.

— J'y penserai, répondit-il en hochant la tête.

— Jessie est une bonne fille. Tu as intérêt à la traiter comme elle le mérite, Gabe Stockman.

Jessie écumait en voyant qu'il ne faisait rien pour détromper sa tante.

— Peux-tu avoir l'obligeance de lui éclaircir la situation ? lui ordonna-t-elle entre ses dents.

Quand Gabe la regarda, elle surprit une lueur espiègle dans ses yeux sombres. Le rythme de son pouls s'accéléra. Il se pencha encore une fois.

— Vous savez ce que l'on prétend à propos du dressage d'un nouveau cheval ? Il faut le mater longtemps et avec énergie si l'on veut en tirer quelque chose par la suite.

Jessie ouvrit la bouche, mais elle hésita entre l'abreuver d'injures ou le frapper tout simplement. Maude se recula vivement. Une expression scandalisée se lisait sur son visage. Mais elle se tourna vers la jeune femme en agitant un doigt menaçant.

— Tu ferais bien de lui apprendre les bonnes manières. De mon temps un homme ne se serait jamais permis de telles allusions devant des femmes.

Sur cette tirade, Maude s'éloigna d'eux en s'appuyant sur sa canne.

Muette d'indignation, Jessie jeta un œil noir à Gabe, puis elle lui demanda :

— Pourquoi lui as-tu raconté cela ?

— Je croyais que tu avais besoin d'aide, répliqua-t-il d'une voix nonchalante, mais avec une pointe de malice.

— Je voulais que tu lui expliques que nous n'étions pas mariés, c'est tout.

— Nous aurions passé la journée à répondre à ses questions, assura-t-il.

— Alors tu préfères la laisser partir en nous croyant fiancés ? Tu n'aurais pas dû...

— Quelqu'un se chargera de rétablir la vérité, fit-il avec un calme olympien.

C'était vrai, pensa-t-elle, mais elle n'en avait pas fini avec lui :

— Comment as-tu pu lui adresser des propos aussi déplacés ? Tu la connais pourtant. Tu n'as aucune excuse !

— Et alors ? Grâce à moi, son sommeil va être peuplé des rêves les plus doux, comme elle ne doit plus en faire depuis des années, déclara-t-il en se moquant de son air indigné. D'ailleurs elle a fait semblant d'être choquée uniquement à cause de toi : on n'arrive pas à son âge sans rien savoir de la vie !

— Tu es insupportable ! cria la jeune femme avec colère.

— On me l'a déjà dit, rétorqua-t-il avec un sourire ironique.

Elle vit Trevor s'approcher d'elle et se précipita à sa rencontre.

6

Après le déjeuner, Jessie monta dans sa chambre pour se changer. En descendant elle rencontra Trevor à mi-chemin dans les escaliers.

— Je vais me promener à cheval pendant une heure à peu près. Tu es sûr de ne pas vouloir venir?

Elle posa la question plus par délicatesse que dans l'espoir d'être accompagnée.

— Non merci. J'ai l'intention de me plonger dans la lecture des journaux.

— Ah, les journaux, une goutte d'eau dans ce désert culturel! se moqua-t-elle gentiment.

— Parfaitement, mon amour, répliqua-t-il en effleurant légèrement ses lèvres. Amuse-toi bien.

— J'y compte.

Elle sortit de la maison et se dirigea vers les écuries. Il faisait beau et frais, une journée idéale pour l'équitation.

Elle entra dans la sellerie où Gabe était en train de réparer une bride déchirée. Il portait maintenant une chemise blanche sur un vieux jean boueux. Il lui jeta un coup d'œil rapide avant de se remettre à son ouvrage.

— Je vais faire un tour, déclara-t-elle. Veux-tu me conseiller un cheval ou dois-je choisir toute seule?

Elle était visiblement encore très dépitée, depuis l'incident avec sa tante.

— Prends Sancho, le gris zébré dans le premier box. Tu peux utiliser la selle et les rênes sur ta gauche.

En la voyant saisir la couverture, il ajouta :

— Si ton fiancé veut une monture placide, donne-lui la jument isabelle. Elle est inoffensive.

— Trevor ne m'accompagne pas.

— C'est vrai. J'avais oublié. C'est un citadin. Il ne sait pas monter à cheval, n'est-ce pas ?

Gabe jeta la bride dans le bidon d'ordures avec l'air d'assimiler Trevor à cet objet de rebut.

— En fait, il est très bon cavalier. Simplement il n'aime pas les chevaux, ni l'équitation. Il n'éprouve aucun plaisir à pratiquer ce sport, conclut-elle, consciente du regard sombre suivant chacun de ses gestes.

— Mais alors, quand l'exerce-t-il ? demanda-t-il, une pointe de défi dans la voix.

— Un de ses amis en Virginie est un grand amateur de la chasse au renard. Trevor l'a accompagné plusieurs fois.

Cet interrogatoire, qui avait pour but de révéler les défauts de son fiancé, la mettait très mal à l'aise.

— En d'autres termes, il ne monte à cheval que pour chasser, et non pour le plaisir d'être avec toi.

Il avait réussi à noircir Trevor.

— Je ne tiens pas à ce qu'il le fasse seulement pour moi, rétorqua-t-elle furieuse.

Il y eut un silence. La jeune femme crut être parvenue à lui tenir tête. Quelle illusion !

— Tu te lèves tôt, il se couche tard. Tu aimes les chevaux, et lui non. Mais enfin, avez-vous au moins un point commun ? insista-t-il, ironique et perplexe à la fois.

Elle saisit la poignée derrière la selle et jeta rageusement :

— Oui. Il se trouve que nous nous aimons.

Sur cette phrase, elle s'éloigna à grands pas. Le cheval gris tourna le museau vers elle quand Jessie entra dans son box. Elle flatta sa croupe pour le faire bouger. Puis elle posa par terre la selle et la couverture pour lui passer la bride au cou.

Gabe ne la suivit pas dans l'écurie. Une fois le cheval sellé, elle sortit par une porte adjacente. Puis elle mit le pied à l'étrier et enfourcha sa monture. En tirant sur les rênes, elle l'orienta vers la prairie, et lui fit prendre un petit galop.

Jessie sentit toute sa tension nerveuse accumulée, fondre à mesure qu'elle s'éloignait du ranch. Au bout d'un moment, elle caressa la crinière de l'animal et le fit ralentir. Il renifla de plaisir.

Elle traversait une lande sauvage, pierreuse et encore indomptée par la charrue du fermier. Seules des touffes d'herbe tenaces plantaient leurs profondes racines dans cette terre ingrate. A l'horizon se détachaient les hauts plateaux et les buttes en saillie. Leurs formes escarpées étaient l'œuvre du vent et de l'érosion dans le grès rouge et le schiste.

C'est avec regret qu'elle rentra à la maison. Elle aurait continué sa course beaucoup plus longtemps si Trevor ne l'avait pas attendue.

Mais elle aurait tout le temps de se promener tant qu'elle le voulait pendant son absence. Elle avait deux longues semaines devant elle pour en profiter pleinement.

En arrivant au corral, elle ouvrit la barrière et fit pénétrer le cheval. Il y avait déjà un hongre bai à l'intérieur, Gabe tenait le sabot d'une de ses pattes antérieures. Bien qu'elle ne ressentît plus de colère envers lui, elle choisit d'ignorer sa présence.

— As-tu fait une bonne promenade ? s'enquit-il d'un ton amical.

— Oh oui, c'était merveilleux, répondit-elle avec une sincérité qu'elle ne pouvait contenir.

Elle était resplendissante. Gabe donna une tape sur l'épaule du bai et s'approcha d'elle. L'animal boitait fort en se dirigeant vers son box.

— Que lui est-il arrivé ? demanda la jeune femme en l'observant attentivement.

— Il est tombé sur la glace cet hiver et s'est déchiré le tendon du genou qui est devenu raide en se cicatrisant. Il semble malheureusement qu'il restera ainsi.

Jessie savait ce que cela signifiait. On ne pouvait garder un animal estropié, et de surcroît un hongre, dans un ranch en pleine activité comme celui des Starr.

— Il va être abattu, n'est-ce pas ?

— Le verdict n'est pas encore rendu. Nous aurons beaucoup de mal à le remplacer. Rien ne sera décidé avant l'automne.

— Oui, bien sûr.

Gabe s'arrêta près de la monture de Jessie, caressa sa crinière noire. Il ne regardait pas la cavalière, mais bien au-delà d'elle, en direction de la demeure où quelque chose sembla attirer son attention. Son expression se ferma, il se renfrogna.

— Tiens, voilà ton soupirant qui prend l'air sous le porche.

— Gabe, arrête de l'appeler comme ça, rétorqua-t-elle avec irritation.

Elle se tourna sur sa selle pour lui adresser de grands gestes, auxquels il répondit par un signe de la main. A présent il portait un pantalon gris foncé et un pull-over gris perle à grosses côtes. Il était très élégant et très viril dans cette tenue sport. Debout sur ses étriers, la jeune femme arrondit ses mains en porte-voix pour lui crier :

— Je te rejoins tout de suite.

Il hocha la tête en guise d'assentiment et rentra dans la maison.

— As-tu déjà eu l'occasion de le voir avec un grain de poussière sur lui ? se moqua-t-il. Je me demande s'il transpire de temps en temps.

— Tu es jaloux de lui, accusa Jessie, mal à l'aise.

Elle était consciente de la pointe d'humour glissée dans toutes ces questions. Mais pourquoi en voulait-il donc tant à Trevor ?

— C'est peut-être vrai.

Elle eut l'impression de deviner une vague tristesse dans le sourire chaleureux qu'il lui adressa. Elle ôta un pied de l'étrier pour descendre de cheval mais une poigne vigoureuse la saisit par la taille sous sa veste marron, et la posa gentiment sur le sol sans toutefois la relâcher complètement.

— Après avoir été séparée de lui pendant plus d'une heure, je pensais que tu te jetterais dans ses bras...

Il se moquait d'elle comme autrefois. Elle n'en prit pas ombrage. Mais en même temps, elle sentait la pression de ses doigts sur le tissu léger de son chemisier. Leur contact était chaud et agréable. Elle posa ses mains sur les avant-bras musclés de Gabe.

Elle rit, cherchant vainement à ignorer la proximité de son compagnon.

— Je ne me précipiterais pas dans les bras de Trevor avec cette odeur de cheval sur moi.

Elle renifla ses vêtements en esquissant une grimace de dégoût.

Gabe saisit son poignet et le porta tout près de son visage. Ses moustaches chatouillèrent la peau de la jeune femme en la frôlant. Le rythme de la respiration de Jessie s'accéléra lorsqu'elle rencontra son regard sombre.

— Pour moi, tu as bon goût. Tu sens la terre après une giboulée de printemps.

Elle ne s'écarta pas comme elle aurait dû le faire. Elle vit ses yeux glisser vers sa bouche. Il allait l'embrasser. Elle se rendit compte alors qu'elle en mourait d'envie. Il n'eut pas besoin de déployer le moindre effort pour l'attirer vers lui. Elle s'abandonna complètement, incapable de résister à la force magnétique que cet homme exerçait sur elle.

Ils n'avaient aucune hâte d'unir leurs lèvres. Jessie sentit son corps faiblir contre celui de Gabe dont l'haleine lui caressait doucement le visage. Puis il l'embrassa doucement, langoureusement, l'entraînant dans un abîme de séduction et de ravissement plus violent qu'une passion tumultueuse. C'était une flamme brillante, brûlante qui embrasait son être tout entier.

Les lèvres de l'homme libérèrent les siennes pour murmurer des mots inaudibles. Il entoura sa gorge de ses mains pour frôler la peau fine de son cou, puis elles plongèrent dans la chevelure de Jessie. Il reprit avidement sa bouche entrouverte qui l'invitait à satisfaire ses appétits. Le monde autour d'eux sembla se dissoudre dans un brouillard.

Il avait suscité chez la jeune femme un tel désir qu'elle en restait pantelante. Elle tremblait de tous ses membres quand il effleura des lèvres ses tempes, les boucles blondes qui encadraient son front.

Mais la cruelle réalité lui revint à l'esprit. Elle dénoua les bras autour de son cou afin de mettre un petit espace entre eux. L'existence de Trevor avait empêché que la perfection de leur baiser fût portée à son comble.

Quand son regard égaré rencontra celui de Gabe, les yeux sombres et impatients la dévisageaient intensément, sans pour autant trahir le moindre sentiment.

— Alors ? demanda-t-il, conscient du trouble qui l'agitait, mais nullement décidé à l'enrayer.

— Il ne faut plus jamais recommencer, répondit-elle, bouleversée.

— C'est à toi de m'en empêcher... répliqua-t-il avec une grimace ironique.

Son ton était légèrement moqueur. Dans la minute qui suivit, il la lâcha et se tourna pour prendre les rênes du cheval.

— Je vais m'occuper de Sancho. Tu peux rentrer.

Elle rougit violemment en le regardant ramener l'animal à l'écurie. Elle ne s'était pas défendue : Gabe avait dit vrai, elle le savait. Il ne l'avait nullement forcée dans leur étreinte. Elle était consentante et avait participé à ce baiser de toute son âme.

Maintenant il fallait gagner la maison, se retrouver en face de Trevor, une perspective qui ne la réjouissait guère. Elle ne réussissait pas à se débarrasser du plaisir qui lui avait été offert un peu plus tôt. Ce n'était pas une expérience innocente, Gabe n'était pas homme à cela. Elle se sentait tellement coupable d'y avoir succombé...

Son retour à la maison ne se déroulait pas du tout comme prévu. Tout son univers semblait avoir basculé. Jessie n'était plus sûre du tout d'arriver à le rendre cohérent.

Elle eut l'intention de soulager le poids qui pesait sur sa conscience en décidant de tout raconter à son fiancé. Mais quand l'occasion se présenta, son courage s'effondra et elle se déroba. Elle trouva bien sûr des excuses à son silence. Tous les célibataires se permettent quelques écarts avant le « oui » fatidique. Elle ne demandait pas à Trevor des détails sur ses anciennes aventures, elle n'était donc pas obligée de lui livrer ses confidences.

Elle avait beau se tenir ce raisonnement de femme moderne et libérée, elle ne cessait de penser aux instants passés dans les bras de Gabe, et bien sûr elle devenait de plus en plus malheureuse et mal à l'aise.

Son embarras était maintenant accentué par le contact permanent de leurs épaules sur le siège avant de la camionnette. La chaussée était pleine de virages et d'ornières. Dans une des rares lignes droites, elle en profita pour se rapprocher le plus possible de Trevor.

En dépit de sa gêne, elle avait donc décidé d'accompagner son fiancé jusqu'au terrain d'aviation. Il avait terminé de saluer et remercier ses parents, les valises étaient dans le coffre du véhicule, ils étaient partis. Jessie ne souffla mot pendant tout le trajet. La présence de Gabe l'impressionnait trop. Trevor remarqua son silence, mais le mit sur le compte de son départ. Il passa son bras autour du cou de la jeune femme et embrassa sa chevelure.

— Je t'appellerai tous les soirs, promit-il. Pas trop tard, pour que vous puissiez vous coucher tôt.

— Tant mieux. J'attendrai tes coups de téléphone avec impatience.

Elle se sentit incapable de répondre à sa caresse devant Gabe. Elle jeta un coup d'œil vers son profil. Il fixait imperturbablement la route devant lui.

— Je suis heureux que tu passes ces deux semaines dans ta famille. Tu n'auras rien d'autre à faire que de penser à moi.

La voiture s'emballa soudain. Jessie crut que Gabe avait écrasé la pédale d'accélération.

— Et faire des projets pour le mariage, ajouta-t-elle sans doute davantage à l'adresse de Gabe qu'à celle de Trevor.

Mais pourquoi éprouvait-elle constamment le besoin de lui rappeler qu'elle était fiancée ? En tout cas pour quelqu'un qui allait bientôt s'unir à un autre homme, elle se montrait bien légère avec le régisseur...

Le petit avion les attendait devant le hangar métallique, les deux moteurs déjà allumés. Ils s'arrêtèrent tout près de l'appareil. Gabe resta assis pendant que Trevor aidait Jessie à sortir. Ils déchargèrent les bagages du coffre. Ils ne pouvaient parler à cause du vrombissement des moteurs. Les courants d'air formés par les hélices faisaient voler dans tous les sens les longs cheveux blonds de Jessie. Il l'attira vers lui et l'embrassa avec sa virtuosité coutumière, puis se dirigea vers l'avion en lui adressant un signe de la main.

Quelques instants plus tard, l'appareil démarra et roula jusqu'au bout de la piste pour prendre son élan. Jessie le regarda décoller, complètement abasourdie par la découverte qui venait de la frapper : le baiser de Trevor était le fruit d'une technique élaborée mais vide de sentiment. Ou bien était-ce elle qui n'éprouvait plus rien ?

— La splendide créature désespérée jette un dernier coup d'œil vers l'avion qui emmène son amant loin d'elle. C'est une scène touchante mais sans originalité, railla Gabe. Tu devrais trouver un meilleur rôle...

Elle pivota brusquement au son de sa voix. Il se tenait appuyé nonchalamment contre la camionnette. Le regard de la jeune femme était troublé, irrité. Elle ne put soutenir celui de Gabe, trop perçant.

— Rentrons à la maison, rétorqua-t-elle tendue.

— Mais c'est bien mon intention, répliqua-t-il avec froideur, en prenant place derrière le volant.

Jessie grimpa sur le siège à côté de lui et claqua la portière. Elle baissa la vitre pour sortir son coude, laissant ainsi un espace entre eux. Gabe l'examina d'une façon à la fois ironique et amusée.

— As-tu peur de moi ? questionna-t-il insolemment.

— Je suis terrorisée, répondit-elle sur le même ton. Si tu ne mets pas le contact, la voiture ne va jamais démarrer.

— Je ne m'en serais pas douté.

Il tourna la clé et fit démarrer le véhicule. Jessie observa par la fenêtre l'avion qui n'était plus qu'un point noir infime dans le ciel.

— Que se passe-t-il, Jessie? demanda Gabe d'une voix sourde, dangereusement intime. Aurais-tu des arrière-pensées?

— Oui... Enfin, je veux dire non!

Dans sa hâte de répondre, elle trébucha sur ses mots. Il éclata de rire et passa la troisième en faisant craquer la boîte de vitesses. Jessie se crispa nerveusement.

— Je ne vois pas ce qu'il y a de si drôle!

— C'est toi qui es drôle, fit-il avec une nonchalance amusée et insolente. Tu n'as pas eu le courage de raconter à ton soupirant notre petit intermède, et maintenant tu es rongée de remords.

Elle rougit jusqu'aux oreilles en l'examinant. Elle se rendit compte qu'il désirait la posséder tout entière, et qu'elle était prête à accepter! « C'est fou! » s'indigna-t-elle, en se détournant.

— Qu'en sais-tu? Je le lui ai peut-être avoué.

— Tu oublies que je te connais bien, Jessie. Tu es venue trop souvent pleurer sur mon épaule. Je retrouve cette même expression inquiète et butée dans tes yeux.

— Je n'ai aucun souci, mentit-elle opiniâtrement en posant sur lui un regard serein.

— Mais bien sûr, grogna-t-il en haussant les épaules. Fais comme tu veux, ce sont tes affaires après tout.

Il exprima cette dernière phrase d'un ton particulièrement amer.

Une bonne partie du trajet se déroula en silence, puis la jeune femme se décida à lui poser la question qui lui brûlait les lèvres.

— Gabe, il faut que je te demande quelque chose.

— Vas-y, répliqua-t-il sans quitter la route des yeux.

— Pourquoi m'as-tu embrassée?

— Tu es une très belle femme, Jessie. Pourquoi n'aurais-je pas envie de t'embrasser ?

Elle laissa échapper un soupir, puis se remit à regarder le paysage par la fenêtre. Evidemment, la réponse de Gabe ne la satisfaisait pas. Peut-être fallait-il qu'elle s'interroge aussi sur les raisons de son consentement ? Elle ne le fit cependant pas. Gabe non plus, heureusement.

7

Lundi et mardi passèrent sans événement notoire. Le ranch Starr était tellement vaste, ses activités tellement diversifiées que Gabe était toujours occupé du lever au coucher du soleil. Quand elle ne le voyait pas, Jessie arrivait à se convaincre qu'elle avait vécu un mauvais rêve dont il ne fallait pas s'inquiéter. Mais aux repas, elle croisait son regard calme et songeur fixé sur elle, et se rappelait ce qui s'était produit...

Toutefois ces moments de trouble étaient compensés par les appels téléphoniques de Trevor, les visites avec ses parents aux amis et aux membres de la famille, les heures à bavarder, à discuter de son mariage, de ses projets d'avenir. Elle retrouva une intimité avec ses parents, se rendit compte à quel point elle était heureuse avec eux, et que la vie campagnarde comme autrefois lui convenait parfaitement.

Mercredi soir, elle mettait une dernière main aux préparatifs du dîner avec sa mère. John Starr goûtait les plats et s'interposait pour les modifier.

— Il manque un petit quelque chose à cette sauce tomate, Caroline. Peut-être une pointe d'oignon ou d'ail.

— Avec un cuisinier en moins cela suffira, déclara-t-elle en le repoussant. Si tu ne nous laisses pas tranquilles, le repas ne sera pas prêt quand Gabe arrivera.

Ils entendirent la porte d'entrée s'ouvrir et se refermer.

— Le voilà justement.

En entendant les pas s'approcher de la cuisine, Jessie s'efforça de rester indifférente à l'apparition du régisseur. Elle le regarda à peine quand il entra dans la cuisine qui sembla avoir soudain considérablement rapetissé. Les battements de cœur de la jeune femme s'accélérèrent. Elle versait du persil haché dans un bol rempli de purée de pommes de terre.

— Le dîner sera prêt dans quelques minutes, promit Caroline.

— Rien ne presse. Je ne me suis pas encore lavé les mains.

— Veux-tu une bière, Gabe? offrit John.

— Je préfère de l'eau.

Gabe s'approcha de l'évier où Jessie travaillait, et fit couler le robinet, tout en prenant un verre dans le buffet. Une tension électrique envahit l'atmosphère autour d'eux.

— Comment vas-tu aujourd'hui? demanda-t-il d'une voix douce.

Elle ne put s'empêcher de croiser son regard sombre qui la fit frémir. Pourquoi la dévisageait-il ainsi?

— Ça va, répondit-elle en s'efforçant de paraître naturelle et détachée.

— Si tu continues à mélanger cette purée, il faudra se résoudre à manger de la bouillie, continua-t-il d'un ton sarcastique.

Il se détourna pour boire. Jessie retira la cuillère du bol en s'éloignant de lui.

— Les pommes de terre sont prêtes, maman. Je vais les mettre sur la table.

Mais juste à ce moment-là, on frappa à la porte de

derrière. Jessie se hâta d'aller ouvrir. Un des ouvriers du ranch, Duffy Mc Nair se tenait sur le seuil. C'était un homme d'une quarantaine d'années qui travaillait chez les Starr depuis quinze ans.

— Bonsoir, Jessie, déclara-t-il en soulevant poliment son chapeau. J'ai vu Gabe venir chez vous. Puis-je lui dire...

Il n'eut pas le temps de terminer sa phrase, le régisseur avait bondi auprès de la jeune femme.

— Que se passe-t-il, Duffy ?

— C'est Lida, la jument baie avec les pattes blanches. Ted l'a trouvée il y a une heure en train de mettre bas, et la situation paraît difficile.

— Comment est-ce possible ? reprit Gabe. On ne l'attendait que dans un mois.

— Je sais, répondit le cow-boy en triturant fébrilement son chapeau. Ted a prétendu hier soir qu'elle semblait prête, j'aurais dû aller y jeter un coup d'œil aujourd'hui.

Il baissa la tête, d'un air malheureux, en triturant son chapeau.

— C'est entièrement de ma faute. La bête ne va pas bien du tout. Le poulain se présente du mauvais côté. Nous avons essayé de le tourner, mais en vain. Ted est avec elle à l'écurie. En vérité, je crains pour la vie de la mère et du petit.

— As-tu appelé le vétérinaire ?

Gabe ne perdait pas de temps à chercher les responsabilités.

— Oui, grimaça Duffy en haussant les épaules avec découragement. C'est le printemps. Il a plusieurs urgences avant nous. Il ne sait pas quand il sera là... Il vaudrait mieux que tu viennes voir la jument.

— Tu as déclaré que le poulain se présentait du mauvais côté ? répéta Gabe.

— On dirait, répondit l'employé, de moins en moins rassuré.

Jessie sursauta quand le régisseur posa une main sur son épaule.

— Tu m'as déjà aidé plusieurs fois avec des vaches. Veux-tu m'assister ?

— Oui, répliqua-t-elle sans hésiter.

Elle ne pouvait pas refuser. Le ranch dépendait de ses animaux. Elle avait appris depuis l'enfance que tout le monde pouvait être mis à contribution quand surgissait un problème avec eux.

— Et toi, John ? Nous aurons peut-être besoin de ton expérience.

— Je ne pense pas que mon expérience puisse remplacer ton instinct auprès des bêtes, Gabe. Je te fais entièrement confiance. Mais si tu as besoin de moi, je viendrai.

Gabe prit le bol de purée des mains de Jessie et le passa à Caroline.

— Je vais garder le dîner au chaud pour vous, promit celle-ci.

— Ne nous attendez pas pour commencer, déclara sa fille en sortant avec Gabe.

— Surtout ne vous inquiétez pas pour nous, conclut-il. Cela nous est égal de manger froid.

Le trio se dirigea rapidement vers les écuries. La jeune femme sentit au creux de son dos la main de l'homme dont elle redoutait tant la présence, et se rendit compte qu'elle avait accepté la possibilité de passer de longues heures avec lui. Elle s'efforça de penser à la jument qui les attendait dans son box.

— Je suis désolé de tout ceci, reprit Duffy confus.

— Tu ne dois pas te sentir responsable. Elle a toujours eu des accouchements faciles. Tu ne pouvais pas imaginer que cette fois-ci elle aurait des complications, insista le régisseur.

— Au moins, elle est à l'écurie, intervint Jessie en guise de consolation. Nous pourrions être obligés de l'aider à mettre bas au milieu du pré.

— J'étais sûr que tu allais voir le bon côté de la situation.

Gabe lui adressa un sourire affectueux. Le cœur de la jeune femme fit un bond.

— Oui. A condition que la jument ne meure pas, marmonna Mc Nair dans un souffle.

Cette dernière remarque eut pour effet de rendre aux deux jeunes gens leur gravité.

Deux fils étaient tendus d'un bout à l'autre de l'écurie où étaient suspendues des ampoules électriques qui éclairaient les stalles en bois. Ted Higgins, l'employé aux jambes arquées que Jessie avait rencontré à son arrivée, se tenait près de l'animal. Il était nu jusqu'à la taille. La fatigue se lisait sur son visage. Il transpirait à grosses gouttes. Quand il aperçut Jessie, il se hâta de revêtir sa chemise posée sur une auge.

— Comment va-t-elle ? demanda Gabe immédiatement sans prêter la moindre attention à l'homme qui se rhabillait.

Il s'agenouilla près de la jument allongée sur la paille. La jeune femme ignora aussi la confusion de Ted.

— Elle ne va pas bien du tout, avoua-t-il. Son pouls est inégal, la respiration faible. J'ai tout fait pour tourner ce sacré poulain, mais je n'y suis pas arrivé et…

La fin de sa phrase se perdit dans sa gorge. Il haussa les épaules d'un air découragé.

La malheureuse bête exsangue était blanche d'écume. Sa robe brune luisait de sueur. Elle émit un gémissement plaintif, Gabe caressa son cou mouillé.

— Doucement, ma belle, murmura-t-il.

Jessie surprit le regard pessimiste qu'il jeta à Duffy debout à l'entrée du box.

— Apporte-moi du savon et de l'eau, chaude si c'est possible.

La jument poussa un autre petit cri sourd, très faible qui déchira le cœur de la jeune femme.

— Du calme, ma belle, du calme, reprit Gabe. Nous allons t'aider à te soulager. Repose-toi et garde tes forces. Nous en aurons besoin plus tard.

Il passa une main experte sur le ventre gonflé, puis se redressa.

— Qu'en penses-tu ? s'enquit Jessie anxieusement.

— Je ne sais pas encore.

Il secoua la tête d'un air ennuyé.

— J'ai fait ce que j'ai pu. Elle est tiède, dit Duffy en rentrant avec une bassine d'eau.

Le régisseur jeta son chapeau et se mit à déboutonner sa chemise. Jessie sentit une boule se former dans sa gorge à la vue de sa poitrine hâlée. Ses muscles saillaient sous la lumière crue des ampoules au-dessus d'eux. Soudain elle s'aperçut qu'elle l'observait avec intensité et se détourna rapidement pour s'agenouiller près de la jument et lui murmurer des paroles d'encouragement. Elle entendit Gabe se laver à grandes eaux.

Quand il eut terminé, il revint vers l'animal.

— Allons, ma douce. Je vais voir si je peux t'aider...

La malheureuse bête avait le souffle de plus en plus court et semblait dangereusement épuisée. La jeune femme jetait des regards effrayés vers l'homme compétent et consciencieux qui tentait l'impossible pour la sauver.

— C'est incroyable ! s'exclama-t-il.

Une grimace de joie dérida l'expression sévère de son visage.

— Qu'y a-t-il ? demanda-t-elle en retenant sa respiration. Sais-tu ce qui ne va pas ?

— Ce n'est pas étonnant que tu aies eu du mal, Ted ! fit Gabe en étalant un large sourire. Tu aurais dû

94

commencer par compter les pattes. Nous avons deux poulains ici. Tous deux essaient de naître en même temps. Bon, il s'agit maintenant de les convaincre de sortir chacun son tour, et tout ira bien.

— Sont-ils tous les deux vivants ? s'enquit Jessie, tout heureuse de la nouvelle.

La naissance de jumeaux était un véritable événement.

— Vivants et frétillants comme des gardons, répondit-il.

Des gouttes de sueur perlaient à son front et collaient des cheveux contre ses tempes.

Le silence pesant qui enveloppait l'écurie, commença à se dissiper. Des coups d'œil pleins d'espoir se croisèrent. Même le visage de Mc Nair rongé de remords quelques instants plus tôt, s'élargissait en un sourire. Gabe donnait des ordres que chacun s'appliquait à exécuter avec la plus grande diligence.

Ils le regardaient tous s'évertuer à atteindre son but. La transpiration luisait sur sa peau. Ses muscles étaient tendus par l'effort. Jessie pensa à ce qu'elle avait déclaré à Trevor : voilà l'alliance entre la force, l'habileté et l'intelligence...

— Je l'ai, murmura-t-il en relâchant un instant sa tension pour reprendre son souffle.

Il dévisagea la jeune femme de son regard perçant.

— Tu as compris ce que je veux faire ?

— Je crois que oui, répliqua-t-elle avec un hochement de tête affirmatif.

— Viens ici m'aider, intima-t-il avec autorité.

Elle s'agenouilla près de lui.

Ils travaillèrent ensemble de concert avec les faibles contractions de la jument. Très proches l'un de l'autre, ils ne pouvaient éviter le contact physique entre eux. Jessie sentait la puissance qui émanait du corps solide et chaud de son compagnon.

Quand les minuscules sabots et le museau mouillé du premier poulain apparurent, Duffy et Ted poussèrent des exclamations de joie. De grands yeux bruns lumineux clignèrent en direction de Jessie, qui malgré sa fatigue nerveuse et musculaire, trouva encore la force d'émettre un petit rire de bonheur. Quelques secondes plus tard, le poulain était étendu dans la paille. Duffy le séchait avec tendresse.

— Il reste encore l'autre, déclara Gabe d'un air las en s'adressant à la jeune femme. Je prends la suite.

Epuisée mais heureuse, elle se retira vivement pour lui céder la place. Elle s'appuya contre le mur pour contempler la naissance du deuxième poulain qui s'opéra sans difficulté.

— Une paire de pouliches! annonça Duffy triomphant. Elles sont aussi jolies que leur mère!

— Comment va la jument? demanda Gabe en se redressant lentement.

— Donne-lui seulement quelques minutes pour se reprendre, elle doit avoir hâte d'examiner les petites filles qu'elle vient de mettre au monde, répliqua Ted d'un ton empreint de fierté.

Jessie détourna son regard du ravissant tableau offert par les deux nouveau-nés dans la paille et suivit Gabe du regard. Il se rinçait dans la bassine. Il avait sauvé la mère et les deux petits, mais personne ne le féliciterait. Cela faisait partie de son travail. De toute façon, sa récompense consistait en la présence de ces deux créatures : le miracle de la naissance...

Il enfila sa chemise sur sa peau mouillée, car il n'y avait pas de serviette à portée de la main. Il remarqua que la jeune femme l'observait et lui sourit. Quand il s'approcha d'elle, elle se leva en rougissant. Il avait déployé beaucoup plus d'efforts qu'elle et pendant plus longtemps. Cependant elle était assise et lui debout.

La jument se roula dans la paille pour ramener ses

pattes sous elle, puis après une tentative malheureuse, elle réussit finalement à se hausser sur ses jambes encore flageolantes. En tournant la tête, elle dressa les oreilles vers les pouliches et hennit doucement.

Intimidés par le nouveau monde étrange qui les entourait, elles battirent des paupières en entendant leur mère. L'une d'elles retroussa sa lèvre pour lui répondre en émettant un petit cri aigu. La jument se mit à les examiner dans la paille.

— Chocolat et pain d'épice, voilà à quoi elles ressemblent, Lida, déclara le régisseur.

Consciemment ou non, il venait de les nommer, Jessie le savait.

— Elles sont magnifiques, déclara-t-elle sans plus d'originalité.

Il passa son bras autour de la taille de Jessie. Ils partageaient la magie de leur expérience commune. Il semblait si naturel à Gabe en un moment pareil de compléter leur sereine intimité par cette étreinte anodine.

— Regardez, conseilla-t-il.

Un profond silence régna dans l'écurie. Un public composé de quatre personnes curieuses et impatientes s'émerveillait de la scène qui s'offrait à leurs yeux. La paille bruissa sous les minuscules sabots de la pouliche possédant une tache blanche sur la tête. Elle esquissait une première tentative pour se redresser sur ses jambes frêles comme des allumettes. Après la chute de son petit, la jument le poussa pour l'encourager. La petite bête recommença. Sa tête la déséquilibrait, ses membres étaient trop longs et trop minces. Mais le reste de son corps grandirait et grossirait aussi avec le temps.

Enfin, avec une ruade maladroite, elle se hissa sur ses quatre pattes et se mit immédiatement à battre l'air avec sa queue en signe de victoire. C'était de toute évidence le signal qu'attendait sa jumelle pour entreprendre, elle aussi, son premier essai. La mère souffla doucement en émettant des bruits sourds de gorge pour communiquer avec sa progéniture.

Un sourire se dessina au coin des lèvres de la jeune femme devant les efforts malhabiles des petites jumelles pour marcher. Leurs jambes frêles ne semblaient pas se décider devant la direction à prendre. Elle sentait une grosse boule obstruer sa gorge en voyant la scène toujours merveilleuse du premier contact entre la mère et ses enfants.

L'instinct guida les pouliches vers le flanc maternel. Elles étaient aidées bien sûr par les hochements de tête de la jument qui les ramenait vers elle. Elles burent avidement son lait, dressées sur leurs petites pattes tremblantes.

— Cette petite famille n'a plus besoin de nous, déclara Duffy en sortant du box.

— Non, fit Ted. On pourrait en profiter pour aller dîner nous aussi. Tiens, Gabe : ton chapeau.

Il le lui tendit. Respect et admiration se lisaient dans son regard.

Le régisseur le prit et le posa sur la chevelure de la jeune femme.

— A demain matin, les gars.

— Bonne nuit, ajouta Jessie.

Elle se sentait intimement liée à Gabe en cet instant, sans pour autant avoir l'impression d'être menacée.

— Bonne nuit, déclarèrent Ted et Duffy l'un après l'autre.

En écoutant distraitement le claquement des pas qui s'éloignaient dans l'écurie, elle resta immobile tout contre son compagnon, remplie d'un sentiment de satisfaction et de paix intérieures qui la comblait. Elle n'avait aucune hâte de briser, en le quittant, le charme qui les enveloppait.

— Tu as faim ? demanda-t-il simplement.

— Non, répondit-elle sur le même ton que lui.

Elle voulait faire durer cet instant de totale sérénité le plus longtemps possible.

— J'avais oublié ce que l'on ressentait en assistant et en participant à une naissance.

— C'est le miracle de l'existence.

Elle hocha la tête.

— Cela se produit tout le temps. C'est un phénomène permanent et pourtant toujours aussi nouveau, presque surnaturel.

— La vie se perpétue ainsi et la promesse faite pendant la saison des amours s'accomplit. Après le sommeil de l'hiver, l'espoir renaît car le cycle naturel recommence à zéro, commenta-t-il calmement.

Jessie continua à regarder la jument et ses petits.

— Voilà ce qui transforme la maternité en une expérience aussi merveilleuse.

— Je suppose que tu as l'intention d'avoir un bébé le plus tôt possible ?

Une pointe de violence perçait dans le ton de sa remarque, la jeune femme la ressentit aussitôt comme une décharge électrique. Elle se mit instantanément sur la défensive, blessée par les paroles qu'il venait de prononcer. Elle essaya de rire, mais ne réussit à émettre qu'un petit son cassant.

— Tu oublies ma carrière, lui rappela-t-elle d'un air faussement joyeux. Elle va durer encore pendant un certain nombre d'années. Un mannequin ne peut pas courir le risque d'abîmer sa silhouette avec une grossesse.

— Mais tu auras trente ans à ce moment-là.

— Oui, je sais.

La perspective d'attendre si longtemps la rendait malheureuse, cependant elle s'efforça de paraître calme et sereine.

— Combien d'enfants désires-tu ?

Du coin de l'œil, elle surprit le regard sombre et curieux de Gabe qui l'examinait attentivement.

— Quatre, cinq, une demi-douzaine, fit-elle en rêvant tout haut.

Mais ramenée sur terre par la dure réalité, elle ajouta :

— Cependant je me contenterai d'un seul bébé.

— Et Trevor, combien en veut-il ?

Une légère nuance dans la voix de Gabe indiquait qu'il posait une question lourde de signification.

Elle leva la tête brusquement.

— Pourquoi faut-il toujours que tu devines en moi !

Au bord des larmes, elle détourna son regard et battit des paupières pour chasser les pleurs au fond de ses yeux et les sanglots qui étouffaient sa gorge.

— Il n'a pas particulièrement envie d'avoir des enfants, n'est-ce pas ? insista-t-il en la défiant de répondre.

Elle ne pouvait pas l'admettre.

— Il aimerait avoir un garçon. Il faudra sans doute que je persévère jusqu'à ce que je réussisse à en avoir un...

Sa malheureuse tentative pour mettre de l'ironie dans sa réplique échoua lamentablement.

Soudain la colère de l'homme rompit le silence qui régnait entre eux.

— Il en acceptera un à contrecœur et toi tu en souhaites plusieurs. Votre mariage sera infernal ! Vos caractères sont incompatibles, conclut-il d'un ton rauque et inquiétant.

— On dit que les contraires s'attirent, se défendit Jessie, effrayée par le tableau sinistre qu'il lui brossait.

Elle essayait d'imaginer Trevor avec leur enfant dans les bras, mais elle était assaillie par la vision du bébé en train de baver sur sa cravate en soie...

100

Dans un mouvement débordant de rage contenue, il l'agrippa par les épaules et la tourna vers lui.

— Petite idiote, les contraires ne s'unissent que lorsqu'ils sont complémentaires. Quand te décideras-tu donc à ouvrir les yeux ?

Elle les avait ouverts. Ils rencontrèrent la flamme qui brûlait dans ceux de son compagnon. Toute résistance fondait comme neige au soleil devant la force irrésistible qu'il dégageait. Elle était à peine consciente de la fureur latente contenue dans sa mâchoire convulsivement serrée. Une lueur sauvage et désespérée brillait dans ses prunelles noires...

— Comment un homme peut-il ne pas désirer d'enfants de toi ? questionna-t-il d'une voix douce et rauque à la fois.

Ses bras l'attirèrent et il la serra contre sa poitrine. Elle posa sa tête sur l'épaule de Gabe qui lui caressait tendrement les cheveux. Elle se sentit brusquement à l'abri de tout. Il lui offrait le soutien dont elle avait tant besoin. Tout son être était fragile, déchiré par des émotions et des sentiments contradictoires qu'elle n'arrivait pas à comprendre.

— Il faut que tu rompes tes fiançailles, Jessie. Romps avant d'être toi-même brisée, recommanda-t-il tendrement.

— Mais je vais l'épouser, protesta-t-elle dans un faible murmure.

Gabe n'avait pas pris la peine de boutonner sa chemise. Rien ne séparait donc Jessie du torse nu contre lequel elle appuyait sa joue. Il sentait la paille et le savon.

Gabe lui releva le menton. Il balaya son visage d'un long regard voilé et s'arrêta sur ses lèvres entrouvertes.

— Comment diable suis-je condamné à des situations pareilles ? marmonna-t-il. Je dois vraiment être le plus grand imbécile de la terre.

— Non, c'est moi, corrigea-t-elle haletante.

Il s'empara avidement de la bouche de la jeune femme, la réduisant ainsi au silence, et l'entraînant dans un paroxysme de délire où toute prudence se trouvait abolie. Elle se laissa emporter par l'orage de sa passion et y répondit avec une fièvre égale à la sienne. Elle frémissait chaque fois que les mains de l'homme caressaient sa peau. Son corps était transpercé par un violent désir inassouvi qui agissait sur elle comme une douleur lancinante.

Abandonnant ses lèvres, il suivit la courbe de ses joues, mordilla de ses belles dents blanches le lobe sensible de son oreille, et enfouit la tête dans son cou pour y déposer un ardent baiser. Elle frissonna contre lui et murmura très doucement son nom.

— Mon Dieu, Jessie. Je suis trop vieux pour ce genre de jeu, grogna-t-il en frottant son menton contre la tempe de la jeune femme en proie à une fièvre intense. Les baisers ne suffisent plus à me satisfaire.

— Ne... Ne m'en demande pas plus, Gabe, articula-t-elle.

Elle se raidit en sentant une vague de panique l'envahir.

— Qu'est-ce que cela signifie? interrogea-t-il impatienté, en plongeant ses doigts durs dans sa chair tendre. Est-ce un refus définitif?

La question était posée froidement, avec un sang-froid qui contrastait avec la chaleur de leur étreinte quelques instants plus tôt.

Jessie aurait hésité sur sa réponse, mais les paroles implacables de Gabe la rendirent à la raison.

— C'est non.

Elle se dégagea de ses bras en tremblant et se détourna pour l'empêcher de distinguer l'expression troublée de son visage.

Il la contempla longuement, les traits crispés, la

respiration rapide. Puis en poussant un juron, il ramassa son chapeau par terre et le secoua contre sa jambe pour en détacher la paille. Il l'enfonça enfin sur ses yeux. D'un regard furtif, Jessie le vit boutonner sa chemise. Il le remarqua et s'en amusa.

— Si la vue d'une poitrine masculine te dérange, tu n'as qu'à t'éloigner, suggéra-t-il sarcastiquement.

Il rentra sa chemise dans son pantalon, les dents serrées de rage contenue.

— Tu as tous les droits d'être en colère, reconnut Jessie. Tout est de ma faute, je suis sincèrement désolée de ce qui est arrivé.

— Désolée ? répéta-t-il.

Un sourire sarcastique flottait sur ses lèvres.

— Si tu imagines un instant que je vais m'excuser, tu n'y es pas du tout.

Une lueur rageuse illumina les prunelles étincelantes de la jeune femme.

— Mais enfin, Gabe, j'essaie de…

Quoi donc ? Elle s'arrêta net, incapable de continuer, car en fait elle ignorait complètement ce qu'elle voulait exprimer.

Gabe la dévisagea, puis ajouta en la défiant :

— Oui, il serait grand temps que tu me dises où tu veux en venir.

— Hello ? appela la voix de Caroline. Gabe ? Jessie ? Etes-vous là ?

La jeune femme sauvée par cette interruption en profita pour éluder la question de son compagnon.

— Nous sommes près des lumières, maman, s'empressa-t-elle de répondre.

Les pas se rapprochèrent du boxe.

— Duffy nous a appris que la jument a mis au monde deux pouliches, déclara son père. Nous sommes venus les voir.

Les parents de Jessie s'accoudèrent contre la man-

geoire pour contempler, émerveillés, les nouveau-nés.
Heureusement la situation ne requérait pas de Gabe ou
de la jeune femme des efforts prodigieux de conversation. Caroline remplissait leur silence par des exclamations d'admiration sur le spectacle qu'offrait la petite
famille nouvellement agrandie. Jessie, les nerfs à vif,
subissait une tension insupportable, comme si elle était
entourée d'une coquille prête à éclater. Gabe, indéchiffrable selon son habitude, semblait encore plus replié
sur lui-même que de coutume.

— Vous êtes probablement en train de mourir de
faim ! s'exclama la mère de Jessie en soupirant profondément.

Elle s'éloigna de l'auge.

— Je vous ai réservé une casserole de soupe sur le
feu et une assiette de sandwichs. Rentrez donc à la
maison vous restaurer, avant de vous effondrer !

Jessie jeta un bref coup d'œil en direction du
régisseur, avant de passer rapidement devant lui. Elle
sentit son estomac complètement noué. Elle ne pourrait rien avaler. La seule idée de la nourriture lui
inspirait le plus profond dégoût, mais elle n'avait pas la
moindre envie de se lancer dans de grandes explications
sur ce sujet avec sa famille.

— Tant mieux, je suis affamée, mentit-elle.

— Tu ne viens pas, Gabe ? questionna son père en
fronçant les sourcils.

— Non, répliqua-t-il d'un ton abrupt. Je suis fatigué.
J'ai perdu tout appétit.

Jessie chancela mais résista à la tentation de se
retourner pour l'observer. Elle sourit à ses parents et
distingua une lueur étrange dans le regard que son père
lui adressa.

— Il y en aura davantage pour moi, intervint-elle sur
un ton de fausse plaisanterie.

104

Elle eut envie de s'enfuir de l'écurie, mais elle ralentit son pas pour suivre calmement ses parents. En s'éloignant, elle sentit le regard pénétrant de Gabe comme un poignard dans son dos...

8

Vendredi, vers une heure moins le quart de l'après-midi, Jessie sortit de l'écurie en tirant derrière elle le cheval gris. Le soleil lui brûlait le dos, et l'atmosphère était étouffante. Elle enfourcha l'animal sellé et le conduisit vers la barrière du corral. Gabe se trouvait de l'autre côté. Il montait un grand bai puissant dont la robe luisait comme de l'acajou verni. Il commençait à s'éloigner du ranch quand il entendit le bruit des sabots derrière lui et retint la bride de son cheval pour l'obliger à s'arrêter.

Jessie ne pouvait plus changer de direction. Sous le regard du régisseur qui visiblement l'attendait, elle se pencha en avant pour ouvrir le loquet, poussa la clôture pour laisser passer sa monture à travers l'étroite ouverture, puis le fit reculer pour le refermer. Ses mouvements étaient précis et coordonnés, dépourvus de la moindre précipitation.

— Je viens juste de prévenir les hommes, autant que tu sois au courant, toi aussi. A partir de maintenant, il ne faut plus fumer dans les pâturages. Sous aucun prétexte. Si tu ne peux pas agir autrement, veille à ce que ta cigarette soit bien éteinte, déclara-t-il avec gravité.

La jeune femme fronça les sourcils en s'approchant

de lui. Gabe ne donnait jamais d'instructions de ce genre sans y avoir été contraint par une circonstance quelconque.

— Pourquoi ? demanda-t-elle avec curiosité.

— Il y a eu un début d'incendie dans un pré ce matin, répondit-il sur un ton maussade. Heureusement il a été repéré à temps. Ils ont pu l'éteindre tout de suite avant qu'il ne se propage.

— Un incendie ? Déjà, à cette époque de l'année ? s'exclama-t-elle, perplexe. Mon Dieu, je me demande à quoi va ressembler l'été.

— A l'enfer, s'il ne pleut pas sous peu...

Il dirigea son bai fougueux vers la prairie qui s'étalait devant eux.

— Où vas-tu ? s'enquit-elle.

— Je vais vers le Cimarron pour surveiller le bétail.

Il hésita avant d'ajouter :

— Tu peux m'accompagner... si tu veux, conclut-il d'un ton froid.

— Je vais faire un bout de chemin avec toi, décida-t-elle aussi sèchement que lui.

Il haussa les épaules pour lui indiquer clairement son indifférence et fit partir son cheval au grand trot. Jessie talonna sa monture pour l'obliger à prendre la même allure. Mais au lieu d'être soulagée par l'attitude de Gabe, elle éprouvait une irritation croissante.

Il prit les devants, la jeune femme le suivit un peu en retrait. Il semblait ne pas se soucier du tout de sa présence. Dans une grande ligne droite, l'animal du régisseur démarra à bride abattue, mais le cheval gris de Jessie n'eut aucune peine à soutenir le même train.

A la vitesse de ce galop, la jeune femme ressentit avec délice la caresse de l'air rafraîchissant sur sa peau. Elle tira son chapeau sur ses yeux pour les protéger du soleil de plomb, ce qui eut pour effet de libérer de longues mèches de cheveux blonds qui flottèrent sur ses épaules.

Malgré le silence qui régnait entre eux, elle appréciait cette chevauchée entre les collines rouges en compagnie de Gabe. En outre, leur promenade avait un but, une destination bien précise. Réconfortée, elle se mit à admirer les différents paysages au relief accidenté qu'ils traversaient. Mais son regard s'arrêta plus d'une fois sur les larges épaules de son compagnon taciturne. Elle s'efforça de se convaincre que cette attirance était normale, et seulement due au plaisir qu'elle prenait à cette randonnée avec lui.

Dès qu'ils atteignirent les rives du fleuve Cimarron, Gabe ralentit le train de son grand bai et le fit aller au pas. L'herbe sèche et jaunissante bruissait sous les sabots des chevaux, accompagnant les craquements des selles en cuir rigide. Les vaches dispersées dans l'espace à perte de vue, broutaient ou ruminaient calmement. De petits veaux à têtes blanches appelèrent leurs mères en beuglant à la vue des cavaliers. Mais la plupart d'entre eux restèrent allongés au soleil.

Les deux promeneurs s'arrêtèrent au bord d'une des rives du fleuve. Le courant était très faible. La terre rouge au fond du lit de la rivière avait coloré ses eaux boueuses. Jessie les contempla pendant quelques secondes.

— Je ne pense pas avoir observé un niveau aussi bas auparavant, remarqua-t-elle.

— C'est vrai, admit Gabe sèchement.

— Que vas-tu faire ? interrogea-t-elle en le regardant en face.

Il leva les yeux vers le ciel.

— Prier pour que ces nuages ne soient pas une de ces illusions que nous offre si souvent la nature.

La jeune femme examina avec étonnement les nuées au-dessus de sa tête qui s'amassaient à l'horizon, promesse possible de l'orage tant attendu. Elle ne les avait pas remarquées avant.

— Ils avancent vite. Il pourrait bien se mettre à pleuvoir.

— Espérons que ta prédiction se réalise, conclut-il toujours glacial. En tout cas, pour l'instant le soleil est brûlant. Nous devrions faire brouter les chevaux.

Jessie eut à peine le temps de descendre de sa monture que Gabe avait déjà mis pied à terre et commençait à desserrer la sangle de sa selle. Elle fit de même avec son cheval qui poussa un hennissement de plaisir. Puis il lâchèrent les deux animaux sous l'épais feuillage ombreux d'un grand peuplier. De petites feuilles vertes perçaient à travers les bourgeons éclatés.

Jessie attacha son cheval à une vieille souche de bois mort. Gabe s'appuya contre l'arbre, un genou replié. Il enfouit une main dans la poche de sa chemise avec sans doute l'intention de fumer, mais arrêta vivement son geste en se rappelant la restriction qu'il venait d'imposer à tous.

— Les vaches n'ont pas l'air de trop souffrir de la chaleur, observa la jeune femme.

Un oiseau se mit à chanter non loin d'elle.

L'homme ne fit aucun commentaire à ce qu'elle venait de dire. Il repoussa son chapeau en arrière et laissa son regard errer sur le visage frais de Jessie, sur son cou gracile, sur la plénitude de son buste. Elle le ressentit comme une caresse.

— Comment envisageais-tu le mariage, quand tu étais adolescente ?

Elle se raidit, prise de court par la soudaineté de sa question.

— Je n'ai pas envie d'aborder ce sujet avec toi, répliqua-t-elle nerveusement.

— Je ne te demande pas tes aspirations maintenant,

insista-t-il. Seulement ce que tu désirais quand tu étais plus jeune.

— Je pensais vivre comme mes parents, répondit-elle tout de même.

Elle voulait lui montrer qu'elle n'avait pas peur.

— Etre une femme au foyer, faire la cuisine, le ménage, m'occuper du jardin.

— Et élever des enfants, se hâta-t-il d'ajouter.

— Oui, élever des enfants aussi.

Une flambée de colère montait en elle à l'idée qu'il allait reprendre la conversation de l'autre jour.

Mais contre toute attente, il changea brusquement de thème.

— Désirais-tu habiter à la ville ou à la campagne ?

— A la campagne, bien sûr, rétorqua-t-elle sans hésiter. Comme mes parents. Je voulais un endroit où je pourrais monter à cheval, et beaucoup d'espace autour de moi. Je ne connaissais que le milieu rural, j'y étais heureuse, je n'aspirais donc qu'à cela.

— C'est donc après les six années passées à New York que tu as préféré une existence citadine, conclut-il.

— Non, je ne la préfère pas. J'aimerais beaucoup vivre en pleine nature, mais les affaires de Trevor nous en empêchent...

— « Où tu iras, je te suivrai », railla-t-il. Noble sacrifice de ta part !

Elle sentit ses nerfs se crisper.

— Ecoute, si tu as l'intention de recommencer cette discussion, je...

— C'est toi qui devrais t'écouter, coupa-t-il d'un ton mordant. Toi, ton discours. Tu souhaites un foyer à la campagne où tu te lèveras à l'aube et des enfants que tu pourras border le soir dans leurs lits. Tu veux être une épouse et une mère, pas une femme dont la photo est imprimée sur la couverture des journaux de mode. Est-ce cette vie que t'offre ton soupirant ?

— Je sais très bien ce que me réserve la vie avec Trevor et je l'ai déjà accepté.

Elle se mit à tourner fébrilement autour de son doigt l'énorme brillant, sa bague de fiançailles. Plus que jamais, elle était consciente de son poids.

— Tu en es sûre, Jessie ? demanda-t-il en la défiant sourdement. As-tu déjà accepté de n'être jamais pleinement satisfaite pour le reste de ton existence ? Il t'en offre une bien falote par rapport à celle à laquelle tu aspires.

— Je m'en contenterai, s'obstina-t-elle.

— Y arriveras-tu ?

Il afficha une moue perplexe.

— Que t'importe après tout ? lui lança-t-elle, les prunelles étincelantes de colère.

Elle ne put s'empêcher de crier, perdant tout sang-froid, incapable de supporter plus longtemps ses sarcasmes.

Il s'immobilisa et dirigea sur la jeune femme un regard froid et implacable. Mais son silence la chavirait encore plus qu'aucune de ses ironies précédentes. Elle se sentit soulagée quand il s'exprima.

— Tu as tort de me parler de cette façon...

— Tout ceci ne te regarde pas, continua-t-elle avec raideur. C'est ma vie, et non la tienne.

— Tu es sur le point de la gâcher lamentablement, ajouta-t-il sur un ton sinistre. Il fut un temps où nous pouvions discuter ensemble. Tu venais me demander mon opinion. Maintenant tu refuses d'écouter le langage de la raison.

— Ce n'est plus pareil.

Elle l'examina à nouveau d'un air malheureux et déconcerté.

Il eut un rire cynique.

— Tu es au moins assez intelligente pour le reconnaître.

— Ce n'est pas juste.

Un flot d'émotions contradictoires la soulevait.

Elle croisa les bras devant elle, et fixa à ses pieds une touffe d'herbes près de la souche où elle avait attaché sa monture. Elle ne réussirait plus à retrouver la belle confiance en son avenir et la joie de vivre qu'elle portait en elle à son arrivée. Gabe avait remplacé toutes ses certitudes par des doutes et des questions.

— J'en viens presque à souhaiter de n'être pas revenue.

— Tu peux me croire, Jessie. J'ai déjà souhaité la même chose que toi, plusieurs fois depuis ton retour.

Le ton sardonique sur lequel il se déclara d'accord avec elle, la cingla.

L'écho d'un coup de tonnerre lointain, provenant du sud, leur parvint alors. La jeune femme leva la tête dans cette direction. Les nuages s'étaient regroupés pour cacher le soleil et jetaient une grande ombre grise sur les collines rouges et les plateaux. La foudre éclata dans les nuages sombres, chargés d'électricité.

— Crois-tu que nous aurons bientôt un orage? demanda-t-elle à Gabe.

Mais il avait déjà quitté sa place contre l'arbre et s'approchait de son bai.

— Il n'y a plus d'abeilles ni de mouches dans les parages.

Il releva un étrier et resserra la sangle de la selle du bai, puis celle du cheval de Jessie.

— Je n'ai pas vu un seul oiseau dans le ciel depuis cinq bonnes minutes. Il va sûrement pleuvoir. Si nous ne voulons pas être trempés, il vaudrait mieux se dépêcher de rentrer au ranch.

Comprenant l'urgence de la situation, elle se hâta de remonter à cheval. Elle se rendit compte qu'il avait observé toutes ces manifestations de la nature, alors qu'entièrement absorbée par leur dispute, elle ne s'était aperçue de rien. Elle jeta un coup d'œil sur la terre desséchée.

— J'aimerais que nous soyons pris sous une averse, déclara-t-elle.

— Tu n'as pas peur de l'orage ? s'enquit-il d'un ton ironique.

Elle se contenta de hausser les épaules et avec un sourire amusé, elle enfonça un éperon dans le flanc de sa monture pour la faire partir au grand galop.

Ils chevauchèrent à vive allure sous les nuages menaçants qui s'amoncelaient rapidement. Le bruit des sabots assourdissait quelque peu les grondements du tonnerre qui se rapprochait. Des éclairs zébraient le ciel.

Ils étaient à mi-chemin du ranch quand Jessie reçut une première goutte, puis une seconde, et une troisième. Une formidable détonation retentit en libérant la pluie qui déferla sur la terre. Le cheval gris tira nerveusement sur son mors comme s'il allait s'emballer. La jeune femme le retint en jetant un coup d'œil à Gabe.

L'ondée tant attendue était arrivée. Le régisseur ne répondit en aucune façon au sourire radieux sur les lèvres de Jessie, à ses yeux brillants de joie.

Elle ne put s'attarder longtemps sur lui, car son propre cheval faisait un écart : la foudre venait de s'abattre tout près de lui. Le vent redoubla la violence du déluge qui trempait les vêtements de Jessie en les collant contre sa peau.

Les éclairs aveuglants se suivaient l'un après l'autre. L'air était saturé d'électricité. Jessie sentit ses sens aiguisés par le danger qui les entourait, en se rendant compte qu'ils étaient les cibles choisies de la foudre.

— Il faut nous abriter ! cria Gabe.

Le tonnerre vibrait, grondait comme si un troupeau immense piétinait le sol.

— Par là, proposa-t-il en indiquant un rocher en grès qui affleurait devant eux.

Ils se hâtèrent vers le refuge sommaire, semblable à une caverne. Façonné à la base par l'érosion naturelle, le rebord en surplomb formant l'abri rocheux était suffisamment haut pour protéger les deux cavaliers de la pluie diluvienne et des éclairs aveuglants.

Le cheval gris piaffait et s'agitait fébrilement quand Jessie mit pied à terre. La niche creusée dans la formation gréseuse n'était pas très profonde, juste un peu plus de deux mètres de long. Il y avait suffisamment de place pour que les chevaux puissent se tenir côte à côte. Leurs flancs surchauffés exhalaient de la vapeur.

— Quelle cavalcade ! s'exclama la jeune femme en riant et hors d'haleine, ranimée par l'effet stimulant de la proximité du danger.

— Mes vêtements sont trempés.

Elle tira sur son chemisier pour le lui montrer.

Gabe l'observa. Dans le coup d'œil qu'il lui jeta, elle se rendit compte que le tissu imprégné d'eau et presque transparent révélait ses formes généreuses. Le rouge lui monta aux joues.

Toutefois Gabe ne fit aucun commentaire sur son aspect.

— Tu as l'air d'une jeune adolescente avec tes cheveux rentrés dans ton chapeau.

Il prit les rênes du cheval des mains de Jessie et se détourna.

— Tu devrais t'asseoir sur la pierre sèche là-bas. Tu ne risques pas d'être mouillée.

Elle se dirigea vers une grosse pierre plate pendant que son compagnon attachait les montures à un rocher. Elle enleva son chapeau, libérant sa chevelure blonde sur ses épaules, et contempla le spectacle au-dehors, après un violent éclair.

— Combien de temps l'orage va-t-il durer à ton avis ? s'enquit-elle en le voyant s'approcher.

— Il est trop violent pour persister encore long-temps.

Il ne fit pas mine de s'asseoir à côté de la jeune femme, mais préféra la dominer de sa haute stature. Comme il était intimidant et impressionnant ! Il prit dans la poche de sa chemise de quoi fabriquer une cigarette, et la regarda. Il remarqua qu'elle l'observait.

— Tu te souviens comment rouler une cigarette ?

Elle aperçut une lueur amicale dans ses yeux brillants qui lui rappela le bon vieux temps où ils pouvaient discuter en amis.

— Oui, je crois, acquiesça-t-elle en hochant la tête, réconfortée par le souvenir de l'époque où Gabe le lui avait appris.

— Montre-moi.

Il lui tendit le tabac et le papier. Elle les prit en souriant avec confiance. Le régisseur s'accroupit près d'elle en se maintenant sans effort sur ses talons. Elle plia la feuille avec ses doigts de façon à former un creux au centre, y versa un peu de tabac qu'elle répartit sur toute la longueur.

— C'est bien comme cela, n'est-ce pas ?

Elle le dévisagea, prête à lécher le bord du papier.

Avant d'avoir eu le temps d'accomplir son geste, elle s'aperçut que Gabe le lui avait arraché des mains.

— Il est préférable de me laisser faire.

Il renversa une partie du tabac par terre.

Jessie, stupéfaite par son attitude brutale, fronça les sourcils en s'adressant à lui.

— Mais enfin, pourquoi ? Je suis si maladroite ?

— Pas du tout, rétorqua-t-il en finissant le travail.

J'avais seulement oublié l'effet que produisait sur moi ton petit visage rosi par la pluie.

Il frotta tranquillement une allumette et porta la flamme vers sa cigarette. Jessie restait interdite par sa remarque. Elle était bouleversée par sa manière de rendre leurs conversations dangereusement intimes. Une étrange tension qui n'avait rien à voir avec l'orage environnant parcourut ses membres. En frémissant, elle se leva pour faire face à la pluie battante dont elle recevait quelques gouttes malgré son abri. Elle se sentait revigorée, agitée et nerveuse tout à la fois.

— Pourquoi as-tu dit cela? lui demanda-t-elle au bout d'un moment.

— C'est la vérité.

Il se redressa et se rapprocha d'elle.

— Pourquoi ne l'aurais-je pas dit?

— Parce qu'il ne faut pas.

Avec colère elle lui jeta au visage cette mauvaise raison.

— Mais enfin, pourquoi cela t'ennuie-t-il tant de savoir que je te désire? s'enquit-il avec insistance.

Quand la jeune femme tenta d'éviter son regard intense, il prit son menton entre le pouce et l'index en l'obligeant à le fixer droit dans les yeux.

— Ce n'est pas seulement à cause de tes joues rosies par la pluie, ou de l'éclat de tes yeux... Mais ta peau douce et ferme, la façon dont tu te serres contre moi, les petits soupirs rauques que tu pousses, quand je te tiens dans mes bras...

— Je ne soupire pas! nia-t-elle avec vigueur.

— Si, insista Gabe.

Il l'attira dans ses bras pour lui prouver le contraire.

Le tonnerre fit vibrer la terre sous leurs pieds, mais Jessie était incapable de se rendre compte de sa violence tant son corps était submergé d'ondes de désir.

116

Les éclairs lui parurent bien pâles à côté du feu dévorant qu'allumait en elle son baiser dévastateur.

Elle passa ses doigts dans ses cheveux épais, mouillés, doux comme de la soie. Le chapeau de l'homme la gênait, aussi le jeta-t-elle négligemment contre le mur derrière lui. Puis il serra Jessie encore plus fort, la pressant étroitement contre lui.

Le contact de ses mains lui brûlait la peau. Elle oubliait l'orage, tout ce qui se passait autour d'eux, hormis Gabe qui l'embrassait et la caressait. Cependant ce n'était pas encore assez, elle désirait davantage. De sa gorge s'exhala un son passionné et plaintif à la fois.

Gabe s'éloigna de sa bouche pour lui souffler à l'oreille :

— Tu as entendu ce que tu viens de faire ? la pressa-t-il. Ce petit cri amoureux et sauvage…

Les lèvres de Jessie cherchaient désespérément à reprendre possession de celles de son compagnon, mais il les esquiva.

— Oui, gémit-elle enfin.

— Soupires-tu de la même façon pour lui ? gronda-t-il d'un air menaçant.

— Gabe, je t'en prie !

Elle n'avait pas la moindre envie d'établir des comparaisons dans un moment pareil. Trevor était un virtuose dans l'art d'aimer, mais il n'avait jamais réussi à la réduire ainsi à sa merci, comme cet homme aujourd'hui.

Elle plongea sauvagement ses ongles dans ses épaules musclées avec la volonté d'affirmer ce qu'elle désirait de lui et mettre fin au supplice de son attente. Elle le sentit tressaillir.

— Réponds-moi.

Comme elle s'en abstenait toujours, il lui mordit doucement la peau sensible de sa nuque.

— Je n'ai jamais éprouvé cela, reconnut-elle dans un souffle. Jamais.

Il frissonna violemment contre elle, comme si finalement elle venait de lever la dernière barrière entre eux. Il récompensa son aveu d'un baiser fougueux et brutal. Jessie répondit à son ardeur en s'abandonnant complètement. Gabe défit alors le chemisier de la jeune femme et caressa fébrilement sa gorge satinée.

Il l'entraîna au sol, comme emporté par un courant irrésistible auquel, même lui, malgré toute sa force, ne pouvait s'opposer. Jessie se sentait trop heureuse pour tenter le moindre geste de rébellion.

Brûlant de sentir le contact de sa peau contre la sienne, elle osa déboutonner la chemise de son compagnon. Il répétait sans cesse dans un murmure le prénom de la jeune femme.

Un éclair foudroyant déchira le ciel juste devant la caverne où ils s'abritaient. Le cheval gris effrayé hennit et tira nerveusement sur ses rênes. Ses pattes de derrière s'agitaient et faillirent heurter le couple enlacé. Avec des réflexes de félin, Gabe mit Jessie hors de portée du cheval et se leva.

— Doucement, mon beau, doucement, chuchota-t-il d'une voix rauque pour le calmer.

La bête était sur le point de ruer. Jessie s'en éloigna prestement. Gabe passa une main sur la croupe de l'animal en remontant jusqu'à l'encolure. Celui-ci, en roulant des yeux, s'ébroua mais n'esquiva pas la poigne de fer qui saisit les rênes attachées au buisson.

Encore tremblante, Jessie réajusta ses vêtements, en contemplant l'homme qui cinq minutes plus tôt la tenait dans ses bras. Elle se rendit compte à quel point elle souhaitait que leur désir s'assouvisse. Elle était atterrée par son comportement. Elle aspirait à jeter aux orties les principes moraux qu'on lui avait appris à respecter depuis l'enfance : enfin on ne pouvait tout de même pas être amoureux de deux personnes à la fois! Pourtant elle était fiancée à un homme et brûlait de se donner à un autre...

En essayant de se lever sur ses jambes encore vacillantes, elle attira l'attention de Gabe qui flattait négligemment l'encolure du cheval. Il attacha les rênes à un arbre et retourna vers la jeune femme. Ses mains frémissantes caressèrent la chair tendre de ses bras. La lueur ardente dans les prunelles de son compagnon, lui signifiait qu'il voulait reprendre là où ils en étaient restés. La tentation était délicieusement torturante.

— Je suis fiancée, murmura-t-elle.

Trouble et désir se lisaient dans ses yeux.

— Est-ce à moi que tu dis cela? Ou bien à toi-même?

Son regard reflétait une sombre ironie qui toucha une corde sensible chez Jessie. Elle tressaillit sous le sarcasme. Pour se donner une contenance, elle fixa le sol, désespérée.

— Il y a tellement de choses... commença-t-elle en secouant la tête avec découragement. Tout me semble si difficile à comprendre.

Il resserra la pression sur le poignet de la jeune femme.

— Je t'aime, Jessie. Je ne vois pas ce qu'il y a de si difficile à comprendre, continua-t-il en lui relevant le menton.

— Non... Oui... balbutia-t-elle.

Elle ne voulait pas le croire. La situation deviendrait tellement plus compliquée si c'était vrai...

Il émit un rire totalement dénué d'humour.

— Je t'aime depuis des années. La plupart du temps, j'étais comme un ours en cage. Ma vie a été un enfer et même pire.

Elle devint pâle comme un linge sous le choc de sa confession.

— Je ne peux pas l'admettre. Pas tout ce temps...

— Je t'aime à peu près depuis le premier instant où je t'ai vue, répliqua-t-il durement. Tu avais quatorze ans. Tu commençais à perdre ton aspect de garçon manqué, à devenir une femme. Tu étais déjà très belle à cette époque-là. J'essayais vainement de me raisonner, de me persuader que j'étais simplement fasciné par ta beauté. Mais au bout de quelques mois je compris que mon attachement était beaucoup plus profond.

— Non, ce n'est pas possible.

Jessie se dégagea violemment de son étreinte, rejetant du même coup tout ce qu'il venait de dire.

— Ce n'est pas vrai. Tu n'as jamais éveillé en moi le moindre soupçon, pas même quand...

— Quand tu es tombée amoureuse de moi, interrompit-il en achevant sa phrase. Tu avais à peine quinze ans, et moi, vingt-huit. Tu dois me croire, j'ai été terriblement tenté d'encourager ton amour si jeune, si pur, si touchant, mais je savais bien que je ne pourrais me satisfaire simplement de l'innocente affection que tu m'offrais. Alors je l'ai foulée aux pieds impitoyablement, mais avec l'espoir de la faire renaître à nouveau, quand tu aurais mûri.

Jessie passa nerveusement une main dans ses cheveux. Gabe excellait dans l'art de cacher ses sentiments, elle le savait bien, mais... elle était stupéfaite par ses révélations.

— Dans l'intervalle, continua-t-il en observant attentivement son expression bouleversée. J'ai dû écouter tes confidences sur les garçons avec qui tu sortais, sur leur manière de t'embrasser, bref, prêter une oreille patiente à tous les détails de tes amourettes d'adolescente qui en réalité me rendaient malade de jalousie.

— Mais pourquoi ?

Elle se tourna vers lui à moitié convaincue.

— Pourquoi ne m'as-tu jamais laissé entendre que tu

120

éprouvais de l'intérêt pour moi ? Pas au début, bien sûr. Mais plus tard, quand j'étais plus âgée.

— Je l'ai fait. Quand tu avais dix-sept ans, j'ai décidé que j'avais suffisamment attendu. Je suis allé voir ton père et lui ai dit...

— Tu es allé voir papa !

Elle sentit le sol se dérober sous ses pieds.

— Il est au courant de cette histoire ?

— Oui, reconnut-il tranquillement. Je lui ai avoué que j'étais amoureux de toi. Je lui ai demandé s'il ne voyait pas d'objections à ce que nous sortions ensemble.

« Etait-ce son père qui avait tenu Gabe à l'écart ? » pensa-t-elle.

— Et alors ?

— John était sceptique. J'étais beaucoup plus vieux et plus expérimenté que toi. Mais il me donna son autorisation cependant ; il respectait le sens de ma démarche.

Jessie était bouleversée.

— Mais alors pourquoi ne m'as-tu jamais invitée à sortir avec toi ?

— Je te l'ai proposé.

— Quand ?

Une lueur de défi brillait dans les prunelles de la jeune femme.

— Tu venais de te disputer avec ce Jefferson, le garçon qui jouait au football.

Soudain tout lui revint en mémoire :

— Tu m'avais offert de m'emmener danser le vendredi si j'en avais envie, ajouta-t-elle en ouvrant de grands yeux émerveillés.

— Si je me rappelle bien, tu m'as éconduit, en insistant bien sur le fait que tu n'étais pas malheureuse *à ce point.*

Il jeta à Jessie un regard glacial en évoquant les paroles exactes de son refus.

— Je... je pensais que tu plaisantais, que tu me le proposais parce que tu avais pitié de moi. Je ne pouvais pas imaginer...

— Non, bien sûr, tu n'as jamais imaginé, admit-il sèchement. Alors j'ai décidé d'attendre encore un peu, jusqu'à ce que tu voies en moi autre chose qu'une épaule secourable sur laquelle tu venais épancher tes joies et tes peines. Malheureusement, tu conçus le projet insensé de devenir mannequin et tu t'es rendue à New York.

— Je n'arrivais pas à comprendre pourquoi tu t'y opposais aussi violemment.

Le ton de sa voix révélait l'étonnement devant la découverte qu'elle était en train de faire ! brusquement tout devenait clair.

— Tu ne cessais de répéter que je détesterais New York, que je ne réussirais jamais.

— Plus je le disais, plus tu étais décidée à me prouver que j'avais tort. Chaque fois que nous avions une discussion à ce sujet, je savais pertinemment que je te poussais encore davantage à partir, mais j'étais trop follement amoureux de toi pour me taire.

Jessie saisit tout le désespoir que révélait cet aveu sec et bref.

— Je n'ai rien deviné, Gabe, murmura-t-elle enfin.

— J'en suis conscient. Cela signifiait que j'avais encore une chance. J'espérais donc ardemment ton retour à la maison. Cent fois je décidai de prendre l'avion pour New York et de te ramener ici, mais je ne pus jamais m'y résoudre. Je pensais que si tu étais la femme de ma vie, tu reviendrais de toi-même. Je fis même une tentative pour t'oublier.

Il grimaça un sourire sarcastique.

— Mais je ne pouvais pas passer devant un kiosque à

journaux, ni regarder une revue sans que ta photo me rappelle ton existence et mon amour pour toi.

— Pourtant je suis revenue.

Elle avait l'impression de voir Gabe pour la première fois. C'était un homme doué de sentiments profonds, durables, un roc solide et inébranlable dans un désert balayé par le vent.

— Oui, tu es revenue. Quand je t'ai vue descendre de l'avion, je me suis demandé si tu étais un mirage. Je t'attendais depuis si longtemps, j'ai cru devenir fou.

— Mais quand je t'ai embrassé à l'arrivée, tu m'as serrée tellement fort que j'ai cru avoir une côte brisée, rétorqua-t-elle accusatrice.

Elle avait fini par trouver une contradiction dans son attitude.

— Je t'ai fait mal?

Il éclata de rire.

— J'ai eu toutes les peines du monde à me retenir de t'embrasser!

L'expression souriante de son visage se mua en une grimace.

— Quand tu m'as présenté ton soupirant en l'appelant ton fiancé, je n'ai jamais été aussi près de tuer un homme.

Il la prit sauvagement par les épaules.

— Tu ne vas pas l'épouser, Jessie!

Tant qu'elle était sous l'effet de son charme dévastateur, elle ne pouvait que le croire. Mais toutes ses convictions avaient été ébranlées en si peu de temps... Après tout, peut-être la folle passion suscitée par Gabe s'éteindrait-elle ne laissant derrière elle qu'amertume et chagrin. Les événements de cette semaine avaient mis le chaos dans son existence.

— Je suis trop troublée pour être sûre de quoi que ce soit.

Les traits de la jeune femme reflétaient toutes les

incertitudes qui l'habitaient. Elle ébouriffa ses cheveux dorés qui flottaient sur ses épaules.

— Je t'aime. Tu peux en avoir la certitude, déclara-t-il.

Il baissa sa tête brune, s'empara de sa bouche et l'embrassa avec passion. Jessie se sentit emportée par son ardeur fébrile qui contenait une promesse d'amour éternel. Quand la pression de ses lèvres se radoucit, débordant de tendresse, elle lutta de toutes ses forces contre leur violence persuasive. Gabe lui permit d'esquiver le baiser, mais pas l'étreinte de ses bras.

— Je te demande seulement de m'aimer un peu.

— Il me faut du temps pour réfléchir...

Elle combattit l'impulsion qui la poussait à reconnaître qu'elle était déjà trop amoureuse de lui pour raisonner sereinement...

Il serra les dents pour calmer l'impatience qui passa dans son regard. Il savait qu'en usant de la persuasion des caresses sur ses sens trop vulnérables, il obtiendrait facilement une réponse plus satisfaisante, mais n'en fit rien.

— Combien de temps ? se contenta-t-il de demander.

— Pas... très longtemps, promit-elle.

Elle voulait prendre une décision la tête froide, débarrassée de l'influence de la proximité de Gabe. En outre, elle devait faire le point sur ses sentiments à l'égard de Trevor.

— Je l'espère bien !

Il la relâcha et s'éloigna d'elle. Il semblait avoir besoin, lui aussi, de mettre de la distance entre eux.

— Je ne suis pas sûr d'être capable de tenir encore longtemps.

Il se tourna vers les chevaux et ajouta :

— L'orage s'est éloigné. Nous pouvons retourner au ranch.

— D'accord.

Jessie se rendit compte comme lui qu'il devenait trop dangereux pour eux de rester là ensemble.

Gabe ramassa les chapeaux qui gisaient encore par terre et tendit le sien à la jeune femme, puis il détacha leurs montures. Il tint la bride du cheval gris pendant qu'elle enfourchait l'animal avant de lui passer les rênes. Elle attendit patiemment qu'il se mette en selle.

Il continuait à pleuvoir, mais le vent était tombé. Le tonnerre grondait au loin, moins terrible, moins menaçant qu'auparavant. Les chevaux obéirent à l'injonction de leurs cavaliers et démarrèrent sous la pluie. Sous leurs sabots l'eau giclait du sol détrempé.

9

Jessie baissa la tête pour faire rentrer sa monture dans l'écurie par la porte demeurée ouverte. Gabe qui s'était arrêté pour refermer la barrière du corral n'était pas très loin derrière elle. La jeune femme était trempée des pieds à la tête. L'eau dégoulinait des bords de son chapeau, et avait complètement imbibé ses bottes de cuir.

— Je m'occupe des chevaux, proposa-t-il en prenant les rênes du sien. Tu ferais mieux de rentrer à la maison changer de tenue.

Il sembla ne pas vouloir croiser son regard.

— Gabe ?

Elle désirait lui demander... Ou lui dire quelque chose. Elle ne savait pas exactement quoi, mais en tout cas, elle avait envie de rester encore auprès de lui.

Il se tourna vers elle. L'expression de la jeune femme brisa sa froideur. Avec une exclamation rauque, il l'attira dans ses bras. C'était sans doute ce qu'elle attendait, puisqu'elle n'hésita pas à nouer ses mains autour du cou de l'homme et lui offrir ses lèvres entrouvertes.

Il réchauffa le corps de Jessie tout frissonnant dans ses vêtements mouillés. Elle s'abandonna complètement à son baiser langoureux, le cœur débordant de bonheur. Elle s'agrippa désespérément à lui, angoissée à l'idée de ne plus jamais éprouver cette joie sans mélange. Si c'était de l'amour, elle ne souhaitait pas en perdre une goutte...

— Alors voilà ce qui se passe pendant mon absence !

La voix pointue et tranchante comme le fil d'un rasoir les sépara brutalement.

Jessie, incrédule, regarda la silhouette debout dans l'encadrement de la porte, les jambes légèrement écartées, les poings serrés sur les hanches. Le pouls de la jeune femme se mit à battre violemment dans sa gorge.

— Trevor !

Elle cria presque le nom de son fiancé tant elle était stupéfaite de le reconnaître. Elle jeta un coup d'œil vers Gabe qui avait pivoté sur ses talons et se tenait légèrement devant elle, comme pour la protéger. Sa chemise mouillée lui collait à la peau, révélant ses muscles tendus.

— Si tu te souviens de mon nom, tu te rappelles peut-être aussi que je suis ton fiancé, accusa Trevor d'un ton glacial et sarcastique.

— Que fais-tu ici ? murmura-t-elle abasourdie.

Elle restait clouée au sol, incapable d'esquisser le moindre mouvement, mais ses sens encore troublés par le baiser ardent commençaient à se rendre compte du danger de la situation présente.

— C'est pourtant évident. Je suis venu te rejoindre pour le week-end.

Le regard de Trevor ne s'attardait pas longtemps sur la jeune femme, mais retournait sans cesse vers le régisseur, conscient de l'opposition menaçante qu'il représentait.

— Pourquoi ne m'as-tu pas prévenue de ta visite ? demanda-t-elle fiévreusement.

L'atmosphère devenait terriblement électrique.

— Je voulais te faire une surprise. Belle surprise ! s'écria-t-il avec amertume. Je suis arrivé juste avant l'orage pour découvrir que tu étais partie à cheval. C'est du moins ce que ton père a bien voulu me dire... Il s'est bien gardé de m'avouer que tu étais avec lui !

— Il n'en savait rien, protesta-t-elle.

Elle ne voulait pas que Trevor croie son père complice du changement dans ses relations avec Gabe.

— Je suis allé surveiller le bétail, intervint le régisseur sans la moindre émotion dans la voix.

La jeune femme eut la sensation que son sang se figeait dans ses veines.

— Jessie a décidé de m'accompagner au dernier moment, ajouta-t-il.

— Dire que je faisais les cent pas, rongé d'inquiétude, te sachant en train de chevaucher sous la pluie, alors que vous étiez ensemble !

Hors de lui, il tremblait de rage contenue.

— Nous serions revenus plus tôt, mais l'orage nous a contraints à trouver un abri, expliqua-t-elle.

Compte tenu de la fureur jalouse manifestée par son fiancé, Jessie avait l'impression de se justifier inutilement, mais elle devait pourtant tenter l'impossible pour que cette scène pénible ne dégénère pas.

— Vous n'avez pas eu froid, j'espère ? lança-t-il d'un ton cinglant.

— Il ne s'est rien passé.

Toutefois elle savait qu'il s'en était fallu de bien peu pour que cette affirmation ne devienne un mensonge. Elle rougit violemment sous le regard sceptique que lui jeta son futur époux.

— J'avais quelques soupçons à votre égard, Stockman, accusa-t-il sans ménagement.

— Comme c'est étrange ! répondit Gabe avec une assurance dangereuse, insolente.

Il n'était plus question d'être poli.

— Je parie que j'avais exactement les mêmes vis-à-vis de vous, conclut-il avec une froideur amusée.

La jeune femme sentit son cœur bondir dans sa poitrine. Elle était totalement exclue de la conversation, ignorée. Les deux hommes se défiaient maintenant du regard, cherchant à s'intimider l'un l'autre.

— J'ai toujours pensé que la réputation du cow-boy honnête, travailleur, respectueux de la propriété d'autrui, n'était qu'un mythe.

Trevor esquissa un rictus de mépris.

— Vous n'êtes qu'un voleur. Vous essayez de prendre ce qui ne vous appartient pas, poursuivit-il.

— Je ne suis pas un voleur, déclara Gabe d'un ton glacial. Jessie me connaissait bien avant de vous rencontrer.

Un frisson glacé parcourut l'échine de la jeune femme. Elle perdait tout contrôle de la situation. Elle s'aperçut de son impuissance à empêcher l'affrontement final entre les deux hommes. Quoi qu'elle dise, quoi qu'elle fasse, ils se battraient...

Son fiancé émit un rire totalement dénué d'humour.

— Cela vous fait plaisir de le croire, n'est-ce pas ? D'ailleurs vous aviez déjà tout prémédité ! Quelle aubaine d'épouser la fille du patron ! Vous deviendriez propriétaire, et non plus le simple employé du ranch que vous êtes à présent.

Jessie retint son souffle. C'était une insulte que Gabe ne pouvait manquer de relever. Un silence de mort suivit cette remarque. Le régisseur immobile rappela à la jeune femme un puma prêt à fondre sur sa proie. Il n'y avait plus le moindre espoir d'éviter la bagarre.

Quand Gabe ouvrit la bouche, il s'exprima avec un calme qui révélait sa satisfaction devant la tournure que prenaient les événements.

— J'espère que vous êtes décidé à défendre vos

propos, Martin, parce que je me ferai un plaisir de vous les faire ravaler.

Trevor hésita l'espace d'un instant.

— Vous avez raison. J'ai bien l'intention de les défendre.

Il avança en ôtant énergiquement sa veste.

— Non ! Arrêtez !

Jessie s'élança vers le régisseur, le prit par le coude dans un geste désespéré.

— Ne te mêle pas de ça, Jessie, déclara-t-il en se dégageant de son étreinte et la poussant sur le côté. Cela va être un plaisir.

Il n'avait pas quitté Trevor des yeux. Jessie recula aveuglément jusqu'au mur de l'écurie, contre lequel elle s'appuya, indifférente aux échardes qui rentraient dans ses paumes. Elle assistait avec effroi à la scène se déroulant devant elle.

Elle vit son fiancé lancer sa veste derrière lui avec une indifférence surprenante et défaire le nœud de sa cravate en soie, sans pour autant cesser d'avancer sur Gabe à grandes enjambées.

— Dès notre première rencontre, j'ai pensé que vous étiez un laquais insolent.

Une fois débarrassé de sa cravate, il s'attaqua avec violence aux boutons de sa chemise.

— J'aurais dû vous enfoncer mon poing dans la figure à ce moment-là. En tout cas vous n'avez rien perdu pour attendre, poursuivit-il.

Le régisseur n'avait pas prononcé une parole. Il attendait son adversaire de pied ferme. Il baissa la tête à la dernière minute pour éviter le coup droit de Trevor, et le faire dévier sur son épaule, puis lui envoya un crochet dans l'abdomen. Trevor grogna et réussit à bloquer l'uppercut suivant.

Paralysée par cette violence, Jessie ne pouvait se détourner. Son fiancé ne faisait pas le poids avec Gabe, c'était évident. Cette bagarre était stupide, absurde, mais elle semblait être la seule à s'en apercevoir.

Elle tressaillit quand Trevor chancela sous le choc. Puis il revint à l'attaque. Il planta son poing dans la mâchoire de Gabe qui bascula en arrière. Jessie vit un filet de sang couler du coin de sa bouche. Trevor avait le premier blessé son adversaire, mais cette victoire n'allait pas durer longtemps...

Après un échange violent, son fiancé se retrouva par terre. En le voyant se relever, la jeune femme eut envie de lui crier d'abandonner avant d'être sérieusement touché. Il avait déjà une pommette entaillée et saignait du nez. Mais elle savait qu'il ne l'écouterait pas de toute façon.

A peine debout, il se précipita en avant le poing tendu. Gabe esquissa le premier coup qui portait toute la force du poids de son corps, bascula sous le deuxième avant d'en donner un autre des plus violents. Les deux hommes avaient le souffle court ; ils haletaient. Cette lutte énervait les chevaux dans leurs boxes.

Une manchette de Gabe envoya son rival au sol près du mur opposé. En trébuchant, Trevor saisit une fourche. Jessie écarquilla des yeux horrifiés.

— Gabe ! Fais attention ! vociféra-t-elle.

Elle eut beau crier, son fiancé agitait son arme, visiblement inconscient des dents meurtrières qui la prolongeaient. Le régisseur leva le bras pour se protéger, puis s'efforça d'empoigner le manche. Pendant que Trevor luttait pour le garder, il se découvrit, se rendant ainsi vulnérable à l'uppercut de Gabe, qui le renversa en arrière et lui arracha la fourche en même temps.

Gabe se tourna et jeta l'instrument sur un tas de foin dans un coin. Puis il s'approcha de son rival, à moitié conscient dans sa chemise de soie sale et tachée de sang, qui tentait de se remettre sur ses pieds. Une colère froide se lisait sur les traits de son visage. Il le saisit par le col, prêt à frapper encore. Jessie, devinant son dessein, décida de mettre un terme à son rôle de spectatrice.

— Non, non !

Terrorisée, elle se jeta sur le bras que le régisseur avait levé.

— Arrête ! Tu vas le tuer !

Elle le frappa, consciente de l'inefficacité de ses coups.

— Arrête, espèce de brute ! hurla-t-elle. Tu ne vois pas qu'il est blessé ? Laisse-le tranquille !

— J'en ai fini avec lui, conclut-il en le lâchant.

Trevor vacilla comme un ivrogne. Il serait tombé si la jeune femme ne s'était précipitée pour le soutenir. Il esquissa une faible tentative pour la repousser. Mais elle lui caressa légèrement la joue, lorsqu'il se tourna vers elle pour la regarder de ses yeux vagues.

— C'est fini, murmura-t-elle douloureusement.

Son beau visage fin était ensanglanté, couvert de contusions, et ne portait plus trace de la suffisance qui le caractérisait.

— Tu es blessé. Tu ne peux plus te battre.

Il cessa toute résistance et s'appuya sur elle de tout son poids. Il était vaincu, il en était conscient. La jeune femme adressa à Gabe un regard étincelant de colère.

— Qu'as-tu voulu prouver exactement par cette démonstration demanda-t-elle.

Un sanglot l'étouffa presque en lui nouant la gorge. Une lueur dangereuse illumina les prunelles de Gabe. Quand il retira la main de sa bouche, une traînée de sang lui colorait la peau, mais il était moins marqué que Trevor.

— Il saigne comme tout le monde, répondit-il en ramassant son chapeau.

— Tu ne connais que ça, la violence et la brutalité, cria-t-elle. Tu savais très bien que tu gagnerais, que tu es plus fort et plus rapide. Tu as fait exprès de le laisser te provoquer. Vous n'êtes pas à égalité, pourtant tu l'as affronté !

— Il n'avait pas besoin de relever le défi.

— Il ne pouvait pas agir autrement, ne sois pas de mauvaise foi !

— Au lieu de ressasser les causes de l'incident, tu ferais mieux d'essayer de réparer les dégâts, notamment de t'occuper de ton soupirant, suggéra Gabe sèchement.

Il hésita une fraction de seconde, les mains sur les hanches, puis ajouta :

— Je vais t'aider à le ramener à la maison.

— Non ! refusa-t-elle furieuse, en hochant la tête. Je peux me débrouiller toute seule. Tu as déjà suffisamment humilié Trevor sans le traîner en plus devant maman et papa.

— Jessie, je...

Il s'arrêta net, quelque chose se figea dans son expression.

Comme elle ne trouvait rien à lui lancer à la figure, des larmes de frustration lui montèrent aux yeux. Une boule de colère lui noua la gorge.

— Je ne te comprends pas... Ni toi, ni lui d'ailleurs ! Votre bagarre était idiote, absurde. Quelle satisfaction en avez-vous retirée ?

— Une satisfaction strictement personnelle, répliqua-t-il avec une grimace ironique. Nous n'avions rien à perdre, tu sais. L'un de nous t'avait déjà perdue bien avant que le combat commence.

Il la parcourut du regard avec froideur et indifférence.

— Je ne vois pas pourquoi tu te mets dans des états pareils ! Les femmes prennent plaisir à arbitrer un match entre deux hommes qui se mettent en pièces pour elles...

— Tu es révoltant! Cela me dégoûte de voir quelqu'un se faire rouer de coups, protesta-t-elle, hors d'elle.

Trevor tituba à côté d'elle, elle resserra son étreinte autour de lui.

— Mes jambes ne peuvent plus me soutenir, gémit-il.

— Chut, mon chéri, murmura-t-elle en le traitant comme un enfant blessé et malheureux. Je suis là.

Gabe tira son chapeau sur ses yeux d'un geste las, puis se détourna.

— Emmène-le à la maison avant d'être maculée de sang.

Jessie jeta un œil noir vers l'homme sans pitié qui se dirigeait vers les chevaux encore sellés. Elle était en colère contre l'indifférence totale qu'il manifestait à l'égard de son adversaire vaincu.

— Viens, Trevor.

Passant son bras autour de l'épaule de son fiancé, elle le guida vers la sortie de l'écurie.

— Rentrons soigner tes blessures.

Trevor trébuchait à chaque pas, et dut se laisser conduire par la jeune femme qui glissait sur le sol boueux et détrempé à cause du crachin incessant. Des gouttes d'eau ruisselaient sur son visage et lui brouillaient la vue, rendant ainsi sa tâche encore plus difficile. Lorsqu'elle atteignit le porche, elle haletait d'épuisement.

— Nous sommes presque arrivés, promit-elle.

Elle rassembla ses forces pour pousser la porte et cependant garder son équilibre.

En tournant la poignée, elle l'ouvrit en donnant un coup de pied avec le bout de sa botte. Heureusement son père apparut au moment où elle s'efforçait de tirer Trevor à l'intérieur. Il resta un moment pétrifié par le spectacle qui s'offrait à lui, mais Jessie n'avait pas de temps à perdre en explications…

— Aide-moi à le faire rentrer, papa, soupira-t-elle d'une voix lasse.

Il se précipita pour lui prêter une main forte. En voyant la figure meurtrie de son futur gendre, il cria :

— Caroline !

Puis il adressa un regard interrogateur à sa fille.

— Que s'est-il passé ? On dirait qu'il est rentré dans un arbre.

— C'est Gabe, répondit-elle avec raideur.

— Cela revient au même, marmonna-t-il. Emmenons-le dans la cuisine.

— Mon Dieu, pourquoi tout ce vacarme ? s'enquit la mère de Jessie en riant.

Elle n'eut pas besoin de réponse, quand elle aperçut son futur gendre. Infirmière avant son mariage, elle réagit immédiatement avec efficacité et sollicitude.

— Je vais chercher de l'eau tiède et ma trousse de première urgence. Installez-le dans la cuisine.

Quelques minutes plus tard, Caroline Starr avait déjà disposé sur la table une cuvette, des serviettes propres et un produit antiseptique. Elle tendit à Jessie une fiole débouchée.

— Fais-lui respirer une bonne bouffée de ceci. Cela devrait le ramener à la vie.

La jeune femme plaça la bouteille sous le nez de son fiancé, et la retira dès qu'il se mit à hoqueter et à tousser.

— Ça suffit, intervint-il d'une voix plus claire.

Sa mère prit le relais, nettoya ses coupures et le sang sur son visage, puis lui posa des questions sur sa vue, son ouïe, lui demanda s'il avait des vertiges ou la nausée. Jessie resta près de lui, fatiguée, trempée. Son père posa une tasse de café bouillant dans ses mains.

— Il va bien. Tu ferais mieux d'aller te changer

avant d'attraper une pneumonie. Ta mère va s'occuper de lui.

Après un instant d'hésitation, elle obéit au ton autoritaire de John, trop lasse pour discuter. Elle sortit de la pièce en direction de sa chambre, mais il la rejoignit avant qu'elle ne monte les escaliers.

— Comment va Gabe? demanda-t-il mi-curieux, mi-inquiet.

— Que crois-tu? répliqua-t-elle avec aigreur. Il a à peine quelques égratignures...

L'issue du combat était prévisible. Jessie était irritée par le fait que Gabe ait eu besoin de le démontrer.

Une fois dans sa chambre, elle finit son café pendant que l'eau chaude coulait dans la baignoire. Après son bain, elle sécha vigoureusement ses cheveux, enfila un pantalon ivoire et un chandail vert, et redescendit.

Trevor était assis dans la salle de séjour. Une bande de sparadrap couvrait une coupure au-dessus de son œil, un plus grand morceau était appliqué sur sa pommette sans toutefois cacher complètement le bleu qui entourait l'entaille. Il tenait un sac à glace alternativement sur cette blessure et sur la lèvre déchirée. La jeune femme s'approcha de lui.

— Comment te sens-tu? interrogea-t-elle avec une calme sollicitude.

— Comme un homme qui vient de perdre une bagarre. Comme un imbécile.

— Tu ne devrais pas. Gabe a eu tort de se battre avec toi. Il savait qu'il allait gagner.

— Regarde.

Il renversa sa tête en arrière et écarta doucement les lèvres.

— Il a cassé un bout de ma dent.

Il y avait un petit trou noir juste au milieu de la rangée de dents très blanches.

136

— Je suis désolée, déclara-t-elle sans savoir très bien pourquoi elle s'excusait.

— Heureusement, j'ai un bon dentiste. Je regrette vraiment d'en être venu aux mains avec lui.

— Et moi donc ! ajouta-t-elle mal à l'aise.

Il saisit la main de la jeune femme debout près de lui. Une lueur affectueuse brillait dans les yeux marron de l'homme.

— En tout cas, sa victoire ne lui a rien rapporté, car tu es ici auprès de moi.

Jessie se demanda si cela signifiait vraiment quelque chose, mais resta silencieuse ses doigts sur le diamant de sa bague de fiançailles. Trevor l'attira près de lui en la faisant asseoir sur le bras de son canapé.

— Je sentais depuis le début qu'on ne pouvait pas accorder confiance à ce Stockman, qu'il chercherait à nuire. Mais cela ne lui a pas porté bonheur.

Trevor rejetait toute la faute sur Gabe. Il ne voulait voir dans la jeune femme qu'une victime innocente de ses sombres manigances.

— Trevor... commença-t-elle.

Mais elle ne put achever.

— Ne t'inquiète plus pour lui, chérie, coupa-t-il pour la réconforter. J'ai tout organisé avec la compagnie aérienne. Ils viendront nous chercher demain matin à neuf heures. J'ai aussi confirmé nos réservations pour New York. Enfin j'ai parlé à tes parents. Ils comprennent très bien, étant donné les circonstances, la nécessité pour toi d'écourter tes vacances.

Il semblait persuadé qu'elle partirait avec lui. Comme elle n'était pas sûre de sa décision finale, elle choisit pour l'heure de se taire. Trevor, nullement troublé par son silence, continua à serrer tendrement sa main.

— Peux-tu demander à ta mère de me préparer un cocktail avec une paille, de préférence ?

— Oui, bien sûr, répondit-elle en se levant.

En se dirigeant vers la cuisine, elle s'aperçut que la caresse de son fiancé n'avait strictement rien suscité en elle, ni plaisir ni émotion d'aucune sorte.

Sa mère pelait des pommes de terre devant l'évier. Elle jeta un coup d'œil vaguement anxieux vers sa fille.

— Trevor nous a prévenus que vous partiez demain matin.

— Oui, je sais.

Elle n'avait pour l'instant aucune intention de contredire cette décision.

— Il voudrait un cocktail. Peux-tu le lui apporter ?

La jeune femme s'arrêta devant la porte de derrière pour prendre un ciré jaune suspendu à un crochet.

— Où vas-tu, Jessie ?

— Je veux voir Gabe.

— Est-ce bien sage ? s'enquit Caroline Starr en fronçant les sourcils.

— Je l'espère… soupira-t-elle.

En tirant le capuchon en vinyle sur sa tête, elle se dirigea sous la pluie vers le logement du régisseur. Elle s'arrêta devant la porte, en proie à une incertitude qu'elle ne réussissait pas à dominer, puis frappa deux coups forts.

— Entrez, cria une voix assourdie par l'épaisseur du battant.

L'intérieur du logis était austère. D'un côté, des armoires en bouleau entouraient une kitchenette. Une table et deux chaises occupaient l'autre pan de mur. A l'exception d'un canapé en cuir et d'un lampadaire, le reste de la pièce ne contenait qu'un bureau et des classeurs. Un corridor menait à une porte close, et à une autre, ouverte, d'où provenait un flot de lumière et le bruit d'un robinet qui coule.

Gabe, torse nu, se tenait devant le lavabo. Il ne se tourna pas quand Jessie apparut sur le seuil, mais lança un regard dans le miroir. Il tressaillit légèrement en tamponnant avec un linge mouillé la coupure à la commissure des lèvres. Ses pommettes étaient tuméfiées, et une entaille profonde barrait le dos de sa main gauche.

— A-t-il survécu ? demanda-t-il sèchement, le visage fermé.

Son ton mordant mit la jeune fille hors d'elle.

— Non grâce à toi !

En outre, le spectacle de la poitrine nue de l'homme en face d'elle la rendait nerveuse.

— Tu as cassé un bout de sa dent, reprocha-t-elle violemment.

— Vraiment ?

Gabe afficha une moue ironique.

Jessie respira profondément. Elle ne voulait pas d'une discussion orageuse avec lui.

— Trevor est désolé pour la bagarre, commença-t-elle.

— Je veux bien le croire, acquiesça-t-il calmement.

Elle sentit l'arrogance contenue dans sa réponse.

— Tu pourrais t'excuser aussi, cria-t-elle.

Il se tourna vers elle et la regarda droit dans les yeux, impassible et glacial.

— Je ne suis encore jamais allé présenter mes regrets à qui que ce soit et je n'ai pas l'intention de commencer maintenant.

Il prit la chemise propre suspendue à la poignée de la porte et l'enfila promptement. Il parcourut la silhouette tendue de la jeune femme d'un coup d'œil rapide.

Elle tenta de provoquer une réaction chez lui, incapable de supporter plus longtemps son sang-froid qui le rendait indéchiffrable.

— Trevor rentre à New York demain matin. Il est convaincu que je vais partir avec lui.

— C'est logique. Etant donné que tu portes toujours

sa bague, il a toutes les raisons de te considérer encore comme sa fiancée.

Elle en aurait hurlé.

— Mais enfin, tu n'es pas indifférent à mon départ ? s'enquit-elle avec une note de désespoir dans la voix.

— Tu sais ce que je pense. C'est à toi de décider ce que tu veux. Ou tu restes ou tu t'en vas.

Gabe rentra sa chemise dans son pantalon comme s'ils discutaient d'un sujet banal et non de leur avenir.

Elle était blessée par son indifférence. Elle voulait qu'il lui redise son amour, la prie de rester, qu'il balaie en elle toute résistance avec un baiser passionné.

— Et si je t'annonçais que je partais ? répliqua-t-elle avec un air de défi.

— C'est vrai ?

Pas la moindre trace d'émotion dans le regard qu'il lui adressa…

— Oui ! déclara-t-elle avec malveillance.

— Dans ce cas, nous n'avons plus rien à nous dire.

Il l'écarta avec indifférence pour sortir de la salle de bains.

Choquée par l'attitude de Gabe, elle ne put que le regarder s'asseoir à son bureau, ouvrir un livre de comptes, et inscrire des chiffres dans les colonnes.

Se sentant perdue et abandonnée, Jessie se dirigea mécaniquement vers la sortie.

— Au revoir, Jessie, conclut-il d'une façon irrévocable.

— Au revoir, hoqueta-t-elle.

Avec un cri d'animal blessé, elle ouvrit la porte et s'enfuit sous la pluie.

Le lendemain matin, Jessie se tenait devant la fenêtre de sa chambre. Ses valises déjà bouclées attendaient sur le lit. Il était huit heures et demie, leur avion devait arriver à neuf heures. Trevor était descendu depuis cinq minutes déjà. Elle espérait encore, tout en mordillant son index.

Son visage s'éclaira soudain en entendant le bruit d'un moteur se rapprocher. La camionnette remontait l'allée qui menait au porche. Quand le chauffeur en sortit, son cœur se glaça : c'était Duffy Mc Nair qui les emmènerait au champ d'aviation, et non Gabe. Son dernier espoir s'envola en fumée...

Elle descendit les escaliers, ses deux petites valises à la main. Duffy parlait avec son père dans l'entrée. Ils baissèrent la voix à son arrivée.

— Donnez-les-moi, fit l'employé, prêt à saisir les bagages qu'elle tenait.

— Non, je les garde, insista-t-elle. Il y en a encore deux lourdes en haut. Je préférerais que vous preniez celles-là.

Elle voulait paraître joyeuse et détachée, mais sa gaieté artificielle ne trompa personne.

— A votre service.

— Elles sont sur le palier, cria-t-elle, puis elle se tourna vers son père. Où est Trevor ?

— Il a déjà mis ses affaires dans la voiture. Je vais prendre une de celles-ci, offrit-il.

— Non, refusa-t-elle. Tu n'as pas le droit de porter d'objet lourd.

— Cesse de me dorloter ! Ce ne sont pas quelques tubes de rouge à lèvres qui vont provoquer un infarctus...

Il s'empara de son vanity-case avant qu'elle ait pu dire un mot et ouvrit la porte d'entrée.

— Où est Gabe ? demanda-t-elle sans en avoir l'air. Je pensais qu'il nous conduirait ce matin.

— Il est allé à une vente d'animaux aujourd'hui.

Il jeta un long regard interrogateur vers sa fille.

— Je croyais que vous vous étiez dit au revoir hier.

— Oui, répliqua-t-elle d'une voix mal assurée. Nous l'avons fait, appuya-t-elle plus fermement.

Jessie embrassa ses parents comme un automate. L'avion tournait déjà autour de la maison lorsque Duffy sortit avec les deux valises de la jeune femme.

Les Starr saluèrent Trevor avec une certaine retenue. Il avait l'air en plus piteux état encore que la veille : Ses ecchymoses avaient tourné au mauve et au jaune, sa lèvre était très enflée et sa dent cassée achevait de le défigurer.

Le chauffeur évita soigneusement de l'examiner, quand il se glissa derrière le volant. Jessie le soupçonnait de trouver comique le visage meurtri de son fiancé. Mais elle était trop absorbée par son propre chagrin pour s'en préoccuper.

Le trajet jusqu'au terrain d'aviation lui parut extraordinairement court. On entassa beaucoup trop rapidement à son goût leurs bagages dans la soute de l'appareil. Les moteurs grondaient doucement prêts à démarrer. Avant de monter, elle jeta un dernier coup d'œil, espérant envers et contre tout que Gabe déboucherait de quelque part. Trevor la pressa de monter à bord.

Elle boucla sa ceinture automatiquement en fixant le hublot. Le bimoteur roulait sur la piste, mais elle continua à regarder, une boule lui serrait douloureusement la gorge. L'avion accéléra et prit son envol. Quelques minutes plus tard, elle apercevait ses parents debout devant la maison qui faisaient de grands signes.

Trevor se pencha vers elle.

— Je sais qu'ils vont te manquer. Ils seront à New York dans moins d'un mois pour t'aider à organiser notre mariage.

Sa main recouvrit le poing serré de la jeune femme.

— Nous serons bientôt mariés, ma chérie. La prochaine fois que tu viendras leur rendre visite ici, tu seras ma femme. Tu n'auras plus rien à craindre de Gabe Stockman.

— Tais-toi, Trevor.

Elle tourna la tête et laissa glisser la première larme le long de sa joue.

10

La musique retentissait très fort dans l'appartement bondé et dominait les conversations et les rires qui fusaient de toutes parts. Le bar bien pourvu retenait l'attention de tous. Une foule de gens se pressait également devant un buffet couvert de canapés et de petits fours. Des serpentins étaient tendus le long du plafond. Leurs couleurs vives pâlissaient à cause du nuage formé par la fumée des cigarettes. Une énorme banderole suspendue à un mur portait la phrase suivante : « Nous te regretterons, Vickie .»

— Pardon, s'excusa Jessie en se frayant un passage à travers la cohue autour de la table.

Elle y ajouta des plats remplis de hors-d'œuvre et de friandises.

— Hé !

Elle sentit quelqu'un la saisir par le bras.

— Qu'as-tu fait du diamant qui nous éblouissait tous ?

L'homme jovial qui l'interrogeait ainsi s'appelait Dale Barlow. Il était photographe. La jeune femme avait travaillé avec lui à plusieurs reprises.

— Je l'ai rendu, répondit-elle en haussant les épaules.

Elle s'efforça de retirer sa main de l'étreinte de son

ami. Elle n'avait pas envie de se souvenir de la scène pénible au cours de laquelle elle persuada Trevor qu'elle ne voulait plus l'épouser.

— Hé, les gars ! cria le jeune homme en levant la main de Jessie. Nous perdons Vickie, subjuguée par le soleil californien, mais il nous reste la belle Jessie Starr, affranchie et libre comme l'air... Elle a envoyé promener son soupirant milliardaire !

Jessie tressaillit et devint pâle comme un linge. Elle n'était pas libre du tout. Elle s'apercevait avec douleur de l'erreur qu'elle avait commise en revenant à New York au lieu de rester avec Gabe. Elle voulait retourner au Kansas, mais il lui aurait fallu plus de courage et moins de fierté...

— Cela suffit, Dale.

Elle se dégagea sous les hourras qui suivirent l'annonce du photographe.

— Tu m'empêches de remplir mes devoirs d'hôtesse !

— D'accord. Mais apporte-nous encore du caviar et du champagne, ma chérie, demanda-t-il avec une fausse voix de baryton.

Puis il éclata de rire.

La jeune femme saisit l'occasion pour s'échapper dans le calme relatif de la cuisine. Elle était bien contente de s'être chargée de la soirée d'adieux en l'honneur de son amie ! elle devait s'occuper de tous les problèmes domestiques de façon à ce que tout marche bien. Ainsi n'avait-elle pas besoin de faire semblant de s'amuser devant les invités.

La sonnette de la porte d'entrée retentit. Elle se rendit compte qu'elle était la seule à l'entendre. Elle sortit du réfrigérateur un plateau, puis se dirigea vers le salon.

— Jessie ! Je n'ai pas encore pu te parler depuis le début de la soirée !

Son ancienne camarade de travail, devenue actrice, venait de l'intercepter.

— Veux-tu boire quelque chose ? demanda celle-ci aimablement.

— Non merci, ce n'est pas la peine, refusa Jessie en s'éloignant.

— Mais où te sauves-tu ? questionna son amie en fronçant les sourcils. Nous n'avons pas bavardé ensemble depuis si longtemps !

— Plus tard, peut-être, déclara Jessie. On vient de sonner : un retardataire, je suppose...

— Comment fais-tu pour l'entendre dans tout ce brouhaha ? reprit l'actrice en riant.

Jessie se contenta de sourire sans répondre et se dirigea vers la porte. La sonnerie retentit encore avec insistance. Elle se composa un sourire accueillant avant d'ouvrir.

Elle eut un haut-le-corps qui la laissa pétrifiée. Gabe se tenait dans l'encadrement de la porte... Etait-ce une hallucination ? Elle aperçut la silhouette aux larges épaules dans un costume bleu foncé bien coupé agrémenté d'une cravate dans les mêmes tons, et d'une chemise gris perle.

Ces vêtements n'étaient pas ceux qu'elle lui connaissait d'habitude. Mais c'était bien ses traits burinés par le soleil, sa moustache noire taillée avec soin, et ses cheveux de jais. Ces yeux sombres et insolents qui plongeaient dans ceux de la jeune femme n'appartenaient qu'à lui. Cependant elle craignait encore de se tromper. Elle l'avait quitté il y a seulement deux semaines. Comment avait-il pu changer autant ?

— Gabe ? s'enquit-elle avec hésitation.

— Bonjour, Jessie, fit une voix vibrante qui l'enveloppa comme une caresse. Tu reçois du monde ?

— Oui.

Elle était stupéfaite, médusée par la vision qui s'offrait à elle...

— C'est une soirée d'adieux pour l'amie qui partageait mon appartement. Elle va en Californie.

— Puis-je entrer ? demanda-t-il avec une pointe d'ironie.

Elle rougit avec embarras. Elle eut envie de se jeter dans ses bras, de renvoyer tous les invités. Mais il était trop tard maintenant. Elle ouvrit la porte toute grande et s'écarta pour le laisser passer.

— Bien sûr, entre donc. Excuse-moi : je m'attendais si peu à te voir...

— Je voulais te faire une surprise, expliqua-t-il sans détacher ses yeux de la jeune femme.

— Tu as réussi. C'est la meilleure surprise que j'aie jamais eue !

Il lui avait avoué, se souvint-elle, avoir eu l'intention de venir à New York pour la ramener à la maison. Ce devait être la raison de sa présence aujourd'hui. Il le fallait ! Son cœur bondit à l'idée des conséquences qu'elle impliquait. Elle lui adressa un regard débordant de bonheur.

Il se rapprocha d'elle pour poser ses mains sur la taille fine de la jeune femme. Ils se tenaient en plein milieu des convives, mais Jessie était devenue aveugle et sourde à son environnement. Seul son compagnon comptait.

— Ton père m'a dit que tu avais rompu avec Trevor.

— C'est vrai, admit-elle avec un hochement de tête affirmatif.

— Pourquoi ?

— Je ne l'aimais pas.

Comment le pouvait-elle d'ailleurs, puisqu'elle aimait Gabe de tout son être ? Elle allait le lui annoncer, mais une invitée les dérangea :

— Libre à toi, Jessie, d'accaparer l'homme le plus séduisant de la soirée, se moqua l'intruse.

Elle se tourna vers le régisseur ; sa bouche rouge s'élargissait en un sourire aguicheur.

— Je m'appelle Cynthia Sloane.

— Enchanté, Miss Sloane, répliqua-t-il poliment en passant un bras autour de la taille de Jessie.

— Alors qu'attends-tu pour nous présenter ? se hâta de demander la jeune femme.

— Gabe Stockman...

Jessie hésita sur le terme.

— L'administrateur du ranch et des terres de mon père.

— Gabe... reprit la fille brune. Est-ce le diminutif de Gabriel, l'archange ?

— Non, c'est le diminutif de Gable, expliqua-t-il d'un ton sec. Excusez-moi, Miss Sloane, mais je dois m'entretenir avec Jessie.

— En voilà une qui a de la chance, rétorqua-t-elle avec envie, avant de s'éloigner.

Jessie rayonnait, pleine d'espoir. Elle était aussi très fière : Elle sentait les regards admiratifs des femmes en direction de Gabe. Elle ne l'avait encore jamais observé au milieu d'un groupe. Les autres hommes s'estompaient à côté de lui. Il leur manquait son air d'autorité innée.

— Y a-t-il un endroit où nous pouvons parler tranquillement ? demanda Gabe en se penchant vers son oreille. Je te proposerais bien de danser, mais...

Il arqua un sourcil moqueur.

— Mais je pensais à un slow, et cette musique ne convient vraiment pas.

— C'est vrai, reconnut Jessie.

Le battement de la batterie vibrait à travers la pièce comme le son amplifié d'un cœur palpitant.

— Allons dans la cuisine, suggéra-t-elle.

— Conduis-moi, répondit-il en gardant sa légère pression sur la taille de la jeune femme.

Une fois la porte fermée, le vacarme de la soirée s'estompa un peu.

— Tu ne crains pas que tes voisins se plaignent du bruit ?

— Tout est arrangé, sourit Jessie malicieusement. J'ai invité tous les habitants de l'immeuble. Ils peuvent difficilement se plaindre du bruit, si ce sont eux qui le font.

— Bravo ! la félicita-t-il en s'esclaffant.

Elle le regarda avec émerveillement comme si elle le voyait sous un jour complètement nouveau. Il avait l'air tellement sûr de lui et décontracté dans ses vêtements élégants, qui ne semblaient pas les siens.

— Je ne t'ai jamais vu habillé ainsi auparavant. Cela te change beaucoup. Tu es naturel, mais...

Elle n'arrivait pas à exprimer son impression.

— Il faut bien s'adapter aux circonstances et à son environnement, coupa-t-il.

Jessie se sentit très embarrassée. Elle jeta un coup d'œil circulaire dans la cuisine, prenant conscience de l'exiguïté de la pièce, et donc de leur intimité.

— Veux-tu boire quelque chose ?

Elle assuma son rôle de maîtresse de maison avec un petit rire timide.

— Le réfrigérateur est plein de tout ce dont on peut rêver.

— J'ai soif.

Il l'attira vers lui et considéra les lèvres humides de Jessie.

— Comme un homme dans le désert.

Avec un gémissement, elle s'abandonna à son baiser ardent. Il la serra étroitement contre lui, tandis qu'elle nouait ses bras autour de son cou. Les boutons de sa veste pressés contre sa poitrine causaient à la jeune

149

femme de petites piqûres à la fois de douleur et de plaisir. Gabe était insatiable, mais peu importait : Jessie lui offrait un abîme d'amour et de tendresse...

— Jessie !

La porte de la cuisine s'ouvrit et une fille blonde entra en coup de vent.

— Oh ! Excusez-moi.

Le couple se sépara. Rougissante et gênée, Jessie passa une main le long de sa nuque.

— Tu as besoin de quelque chose, Babs ?

— Mac va bientôt manquer de glace au bar. Il m'a envoyé en chercher. Dis-moi où elle se trouve et ne vous gênez pas pour moi, assura-t-elle avec un air entendu.

Leur baiser avait été trop passionné, trop intime. Comment pourraient-ils se donner en spectacle devant une intruse, même si elle s'efforçait de se faire toute petite afin de ne pas les déranger ? D'ailleurs Jessie se sentit prise d'une brusque timidité. Elle glissa hors de ses bras, et détourna son regard en voyant la lueur amusée dans les yeux de son compagnon.

— Les bacs à glace sont dans le freezer.

La jeune femme se dirigea vers le réfrigérateur.

— Je vais t'aider, reprit-elle. Combien en veux-tu ?

— J'en prendrai trois bacs.

La longue chevelure blonde de la jeune fille flottait sur ses épaules quand elle se pencha en avant pour prendre les glaçons.

— Tu y arriveras ? demanda Jessie en fronçant les sourcils.

— Bien sûr, insista-t-elle, avant de s'enfuir en riant.

Jessie trouvait difficile de retourner dans les bras de Gabe après l'intervention de Babs.

Il se tenait devant la table où elle avait posé le plateau de canapés au caviar. Il en prit un et le contempla avec curiosité.

— Qu'est-ce que c'est ?

Il lui jeta un regard ironique.

— Du caviar.

— Tu aurais pu me prévenir que c'était si salé, dit-il en affichant une mine écœurée.

— Je le ferai la prochaine fois, promit-elle en se moquant légèrement. Le caviar a un goût spécial, Vickie l'adore ! Moi je préfère le beurre d'arachide !

— Je m'en souviendrai, répliqua Gabe sur un ton qui bouleversa la jeune femme.

Mais il changea de sujet et se dirigea vers le réfrigérateur.

— Finalement j'accepte ton offre. Je veux bien un verre de quelque chose.

— Sers-toi.

Il sortit une bouteille d'eau gazeuse.

— Qu'est-ce donc ?

— De l'eau, répondit-elle.

— Importée de France ?

Il esquissa un sourire amusé et perplexe.

— Elle est très à la mode. On la boit avec un zest de citron, lui apprit-elle.

— Et rien d'autre ? railla-t-il en dégageant le bouchon.

— Non, rien d'autre.

— C'est bien de l'eau, déclara-t-il en avalant une gorgée. De l'eau et du caviar !

— Le comble du raffinement...

Elle éclata de rire, puis elle prit un air songeur.

— Quand es-tu arrivé à New York ? Pourquoi ne m'as-tu pas prévenue ?

— Je voulais te faire une surprise, je te l'ai déjà dit.

Il marqua une pause avant de répondre à la première question.

— Mon avion est arrivé il y a trois jours.

Elle poussa un petit cri d'étonnement.

— Tu ne vas tout de même pas essayer de me faire croire que tu t'es perdu. Tu ne te perds jamais. Où étais-tu ? Pourquoi n'es-tu pas venu me voir avant aujourd'hui ?

Il avait passé trois jours entiers à New York sans qu'elle le sache ! Jessie ne réussissait pas à en comprendre la raison...

— Non, je ne me suis pas égaré.

Il examina un long moment la bouteille avant de lever son regard sombre vers la jeune femme.

— J'ai parcouru la ville en visitant tous les endroits dont tu parlais dans tes lettres : Wall Street, La Statue de la Liberté, Times Square, Central Park. J'ai assisté à plusieurs spectacles de Broadway, à un concert à Carnegie Hall. Je me suis promené dans les musées et j'ai mangé dans les meilleurs restaurants.

— Et alors ? se hâta de demander Jessie quand il s'arrêta un instant.

— Je pense que c'est un lieu formidable pour le tourisme.

Il posa la bouteille sur la table. Son geste exprimait une sorte de finalité.

— Mais tu ne voudrais pas y vivre, conclut-elle en prolongeant sa pensée. Je le sais bien.

— J'ai besoin d'espace autour de moi, reprit-il.

Elle imaginait les larges épaules de Gave essayant de repousser les murs de l'étroite cuisine.

— J'ai besoin d'air pur, j'étouffe ici. Je veux de la terre sous mes pieds, la terre rouge du Kansas, pas du béton. Je ne me sens pas chez moi ici. C'est aussi simple que cela.

— Je comprends.

Une nouvelle sérénité l'envahit. Elle avait fait la même découverte que lui en revenant à New York. Elle n'avait pas envie d'y habiter toute son existence, et pas uniquement à cause de Gabe. Elle était sur le point de lui dire.

— Je...

— Jessie, te voilà !

Un couple apparut dans l'encadrement de la porte : l'homme était petit et rablé, la fille le dépassait d'une tête.

— Nous t'avons cherchée partout. Viens ! ordonna-t-elle.

Jessie s'approcha d'eux, inquiétée par le ton pressant de la jeune femme.

— Que se passe-t-il ? Avez-vous un problème ?

— Non, tout va bien, soupira-t-elle exaspérée, Vickie va ouvrir ses cadeaux mais elle souhaite ta présence ! Viens avec nous.

Jessie regarda Gabe avec résignation.

— Je suis la maîtresse de maison. Je suppose que je dois y aller. M'accompagnes-tu ?

— Non, vas-y toute seule, répliqua-t-il en secouant la tête. Tu es chez toi.

A contrecœur, mais se sentant obligée vis-à-vis de son amie, elle se laissa conduire, par le couple mal assorti, dans le salon, où on la poussa bientôt au centre de la pièce qui drainait l'attention générale. Elle s'efforça de participer à la joie de sa camarade qui déballait ses paquets pour découvrir des objets extravagants, d'autres pratiques, et souvent originaux.

Jessie put s'échapper seulement une heure plus tard pour retourner dans la cuisine. Elle s'arrêta net à l'intérieur de la pièce vide. Peut-être les avait-il rejoints... Elle gagna le living-room et le chercha dans la foule des invités.

Pas de trace de Gabe ! Une vague de désespoir l'envahit. Elle pressa une main contre sa bouche pour retenir un sanglot d'angoisse. Elle essaya à nouveau de le repérer, mais on ne pouvait le confondre avec aucun des convives.

— Jessie, que se passe-t-il ?

Babs, la fille blonde qui était venue chercher de la glace, regardait son amie en fronçant les sourcils avec inquiétude.

— Tu ne te sens pas bien ?

— C'est Gabe, l'homme qui était avec moi dans la cuisine, expliqua Jessie en luttant pour garder un ton calme. L'as-tu aperçu ?

— Non.

— Je ne peux pas croire qu'il se soit éclipsé sans me prévenir !

Elle refusait cette possibilité.

— Quand l'as-tu vu pour la dernière fois ? s'enquit Babs.

— Dans la cuisine. J'ai dû l'y laisser quand Vickie a ouvert ses cadeaux. J'y suis retournée dès que ce fut terminé : il n'était plus là...

Sa voix se brisa sur le dernier mot.

— A-t-il dit qu'il t'attendrait ?

— Non, il m'a juste conseillé d'aller rejoindre les invités, se rappela Jessie. Il a déclaré que j'étais chez moi.

— Qu'entendait-il par là ? Que tu ne lui appartenais pas ?

Elle sourit ironiquement. :

— Voilà des propos étranges...

— Ce n'est pas ce qu'il voulait dire.

Elle secouait la tête négativement pour repousser cette idée incongrue, puis une pensée effrayante lui traversa l'esprit et elle fut saisie d'effroi.

— Est-ce possible ? Quelques minutes plus tôt nous parlions de New York. Il ne s'y sentait pas chez lui, Babs, il est parti ! Il est rentré à la maison, au Kansas...

— Je suis désolée, Jessie.

Celle-ci compatissait au chagrin de sa camarade et passa son bras autour de l'épaule de la jeune femme.

Mais Jessie n'hésita pas une seconde à prendre sa décision. Elle se dégagea vivement.

— Où vas-tu ?

— Tu m'excuseras auprès de tous les invités : je vais faire mes valises. Je rentre à la maison, moi aussi.

Lorsqu'elle eut emballé toutes ses affaires, elle avait manqué le dernier avion pour Kansas City cette nuit-là. Les vols du lendemain étaient tous complets. Elle ne trouva une place et la correspondance avec un avion-taxi que deux jours plus tard. Sous les yeux de la jeune femme s'étalaient enfin les collines rouges du ranch Starr...

Jessie se pencha vers le pilote et lui tapota l'épaule.

— Contournez la maison pour signaler notre arrivée.

Il dirigea l'appareil vers les bâtiments principaux.

— Ce trajet est en train de devenir une liaison régulière. Vous devriez demander à la compagnie de prendre un abonnement !

— Ce n'est pas la peine, c'est mon dernier voyage, lui déclara-t-elle. Je reste ici définitivement.

Le bimoteur survola les granges en rase-mottes. Les chevaux ruèrent et s'ébrouèrent dans le corral. Puis l'avion remonta pour engager à bonne altitude la manœuvre d'atterrissage. Jessie aperçut une silhouette familière sortir de l'écurie. Un sourire radieux éclaira son visage.

Quand ils firent demi-tour pour gagner la piste, la camionnette roulait à toute allure en tressautant sur le chemin accidenté. Le cœur de la jeune femme bondit dans sa poitrine. Elle entendait ses battements malgré les vrombissements des moteurs. Les roues touchèrent le sol : elle était à la maison.

Elle frémissait d'impatience sur son siège en voyant Gabe qui l'attendait debout près du véhicule. Des larmes de joie lui montèrent aux yeux. Le pilote dut l'aider à s'extirper de l'avion.

Mais Gabe ne bougea pas de sa place. Elle fit un pas vers lui, hésitante, puis un autre et encore un autre. Enfin elle entendit sa voix vibrante et chaude :

— Il était grand temps que tu rentres à la maison.

Jessie se mit à courir pour se jeter dans ses bras. Il la souleva en l'air, délirant de bonheur, la fit tournoyer en la serrant très fort contre lui et la couvrit de baisers.

Les Prénoms Harlequin

JESSIE

fête : 4 novembre   couleur : bleu

Vive et alerte, celle qui porte ce prénom possède l'éclat et la fraîcheur de la tulipe, son végétal totem. Très active, elle adore les grands espaces et la vie en plein air, mais elle s'adapte aussi bien à la ville, où il n'est pas rare de la voir réaliser une ascension fulgurante. Cependant, les honneurs ne lui tournent pas la tête et, même sous les feux de la rampe, elle conserve sa simplicité et son solide bon sens.

Aussi Jessie Starr se laisse-t-elle convaincre sans peine que sa place n'est pas aux côtés de Trevor, son fiancé trop sophistiqué…

Les Prénoms Harlequin

GABE

fête : 29 septembre   couleur : bleu

Le cheval, *animal totem de celui qui porte ce prénom, lui accorde sa force et sa résistance. Très entier, doté d'une intelligence remarquable, il dissimule ses sentiments sous des allures distantes et austères. Cet être passionné ne connaît pas de demi-mesure : lorsqu'il aime, c'est pour la vie, mais gare à ceux qui s'avisent de se mettre en travers de son chemin !*

Pourtant, pour rien au monde Gabe Stockman n'avouerait cet amour secret qu'il porte à Jessie...

Harlequin Romantique

...la grande aventure de l'amour!

Ne manquez plus un seul
de vos romans préférés:
abonnez-vous et recevez en
CADEAU quatre romans gratuits!

Éternelle jeunesse du roman d'amour!

On a l'âge de son esprit, dit-on. Avez-vous jamais songé à vérifier ce dicton?

Des romancières célèbres telles que Violet Winspear, Anne Weale, Essie Summers, Elizabeth Hunter… s'inspirant du vrai roman d'amour traditionnel, mettent en scène pour votre plus grand plaisir héros et héroïnes attachants, dans des cadres romantiques qui vous transporteront dans un monde nouveau, hors de la grisaille du quotidien. En partageant leurs aventures passionnantes, vous oublierez soucis et chagrins, vous revivrez les émotions, les joies…la splendeur…de l'amour vrai.

Six romans par mois…chez vous…sans frais supplémentaires…et les quatre premiers sont gratuits!

Vous pouvez maintenant recevoir, sans sortir de chez vous, les six nouveaux titres HARLEQUIN ROMANTIQUE que nous publions chaque mois.

Et n'oubliez pas que les 6 vous sont proposés au bas prix de $1.75 chacun, sans aucun frais de port ou de manutention. Pour vous assurer de ne pas manquer un seul de vos romans préférés, remplissez et postez dès aujourd'hui le coupon-réponse suivant: